Ανθολογία της σύγχρονης ελληνικής ποίησης

# 現代ギリシア詞華集

福田 耕佑訳

竹林館

# 国家文学賞詩賞『詞華集』の日本語訳出版に寄せて

駐日ギリシャ大使　ニコラオス・アルギロス

駐日ギリシャ大使として、ギリシア文化省の国家文学賞詩賞を受賞した作品を集めた詞華集の翻訳に挨拶を送るよう要請されたことは殊に大きな喜びです。この詞華集は、二〇一〇年から二〇二二年の間に賞を受けた現代のギリシア人詩人たちの作品からなっています。今皆様が手にお取りになっているこの良質な出版物は、この詞華集が翻訳された最初期の言語の一つである日本語において生けるギリシア詩の創造を普及させていくための極めて重要な業績になります。この事業のために選出された近現代ギリシア学者であり日本におけるギリシア文学の出版の普及のため疲れも知らずに働いている福田氏（博士）の翻訳事業は、至難の業というべきものであり、またご存じのように、詩の翻訳というものはそもそも翻訳できぬものの範疇に位置していると言うべきものです。

今日皆様が前にしていらっしゃる出版物は、日本ギリシャ文化観光年として二〇二四年を祝う枠組みにおけるギリシャ大使館の文化事業の頂点の一つです。既に承認されてはいますが、新しく現れてきたギリシアの詩人たちを日本の読者層に初めて見せてくれる豊穣で多種多様な文学的内容をもった詞華集を日本語で出版することは、この詩人たちとの出会いが日本における近現代ギリシア文学のさらなる出版に対する日希双方の出版社の相互協力の強化のための跳躍台となってくれることを願いつつ、ギリシアの外務省と文化省の歩調のあった協働によって実現したものです。

書籍と紙の二つは、日本の読者によって殊に愛され尊重されているものです。私たちは今年の記念事業の枠組みにおいて、詩歌と書籍において長い伝統を有する友好国日本に対しこの本と紙という大切な物質に支えられた贈り物をすることが必要だと考えました。さらに言えば、ギリシアは詩人の国です。ホメロスの時代やサッフォーとピンダロスのいた古代からノーベル文学賞を贈られた二十世紀のギリシア人詩人であるヨルゴス・セフェリスとオディッセアス・エリティスに至るまで、ギリシアの血には詩情が流れており、ギリシア語は、初めは韻文で、後には自由律で歌われるために生まれてきたのです。それに高名な日本文学の誕生も詩とその研究に依拠したものであり、とりわけ俳句と和歌という特徴によって知られているように最高度の凝縮と形式において詩歌というものを私たちにもたらしてくれました。ですので、ギリシアと日本は、二国間を別っているその地理的距離にもかかわらず、双方の文学的生産は、神的なものとの関係、あるいは生と死という汎人類的な存在論的問い、そして人と自然との関係、あるいはこの世界における人間の位置等という共通の主題と軸からインスピレーションの源泉を得ているのです。

この『詞華集』という、二〇二四年日本・ギリシャ文化観光年によってこの「日出づる国」にもたらされた異色な——多くの観点で初となるものであることを願います——贈り物を自身の手に抱きしめてもらえるようにギリシアの選び抜かれた友人たちを日本に招待できればと思っています。この出版が、私たち両国の一層堅牢な文化的懸け橋となることで日本における現代ギリシア文学翻訳の出版が一層活発になる契機となってくれることを強く願っています。

皆さまの素晴らしい読書を祈ります！

二〇二四年十二月　於東京

本出版事業は、ギリシャ共和国外務省による助成とギリシャ共和国文化スポーツ省の許諾を受け、「2024年日本・ギリシャ文化観光年」の活動枠組みにおいて実現したものである。

Embassy of Greece
in Japan

2024
GREECE-JAPAN
YEAR OF CULTURE & TOURISM

『現代ギリシア詞華集』

文化スポーツ省
大臣：リナ・メンドニ

現代文化事務局長：ニコラオス・ヤトロマノラキス

現代文化総局
局長：マリオス・コスタキス

文芸局
局長：シッシー・パパタナシウ
文芸書籍部：部長：ヨルゴス・ペラキス
読書デジタルコンテンツ部：部長：ハリス・パピス

出版スタッフ
総合コーディネーター：シッシー・パパタナシウ
編集支援：ヨルゴス・ペラキス、マリア・ルサキ、エヴィ・ジャジャフィ
作品選択と校訂：イリアス・カファオグル、ヴァンゲリス・ハジヴァシリウ
画像編集とページデザイン：マリア・ステフォシ
校正：ヴァンゲリス・ハジヴァシリウ
印刷：フォトリオ写真技術株式会社

協力:ヨーロッパ現代ギリシア学会並びにヴァシリス・サバタカキス会長（博士）
ISBN：978-960-386-445-5


本書は、各詩人の2010年～2018年の詩集を基に、2019年～2022年の国家文学賞を受賞した作品を追加して翻訳したものである。

# 現代ギリシア詞華集　目次

# 文化に関する二つの詞華集

文化スポーツ省大臣　リナ・メンドニ（博士）

国家文学賞は、文化スポーツ省の有する息の長い制度の一つである。国家が提供するこの最上の文学賞は、文学の言語を際立たせて読書への愛を涵養してくれる、卓越した創造者に一九五六年から途切れることなく授与されてきた。この授賞は、まだ紙面にインクの香る作品に対して栄誉を与えるものである。

文化スポーツ省は、この十年間で国家文学賞を受賞した著者たちの文学テキストを含む二冊の詞華集の出版を初めて行う運びとなった。この出版は、ギリシア文学に国家の認証という公式の装いをもって私たちの国の国境も越えて旅立っていってほしいという文化スポーツ省の意志にも結果として合致するものである。

一冊目の詞華集には、これに応じる国家賞を獲得した十四人の作家の手になる短編と小編が収録されている。二冊目の詞華集は、国家詩賞を獲得した二十の選集の詩より構成されている。* 読者はこれら詞華集の紙面において直近の著述創造の代表的なイメージを読むことになるだろう。本書は直近の散文作家と詩人の声で構成されており、読者の諸君は古い順に創作者たちの作品を旅することになる。

世界が想像もつかない速度で変化していく中で、現代のギリシア文学がいかにして私たちの時代の問題にアプローチしているのかという様子を描き出してくれることだろう。文芸創造家たちが現代世界の誘惑と挑戦に対しいかにしのぎを削っているのかを。いかにして人間本性、苦悩と熱情、そして希望を受け入れているのかを。この世紀で何を目にしているのか、詩人たちに語ってもらおうではないか……。

国家文学賞は一部の人々の局所的なサークルに関わっているだけの栄典ではない。私たちは、この制度をギリシア語書籍とギリシア語を推進してくれる大道だと理解している。現代のギリシア文化の外向性という主題は、私たちが継続して強固に取り組んできた目標である。この洗練された二巻、二つの詞華集は、文化スポーツ省の文芸局の監督のもとでより多くの言語と場所で旅してくれるようにと出版されるものである。

これらの詞華集は、卓越した翻訳者によって六つ以上の言語で翻訳されるようにと準備されている。イタリアでの出版がパレルモ大学の現代ギリシア研究者であるマリア・カラカウジによって準備されている一方で、ロシア語版も希露友好年の枠組みの中で用意されている。同時に英語やフランス語、そしてスペイン語といった所謂主要な言語とその他の言語でもこれに対応する翻訳が推進されることだろう。文化スポーツ省は、ヨーロッパ現代ギリシア学会の重要な仕事として協働している。

ギリシア文学が新しくて興味深く、感性豊かな声で二十一世紀の全世界的な文芸生産を豊かにするようになること、これこそが私たちの目的である。国際的な読者層が社会と政治、そしてイデオロギー的問題を刻印している私たちの現代文学のアイデンティティに向かい合う価値は大きかろう。

ギリシア人作家たちとギリシア人文学者たちの仕事を推し進めるあらゆる努力を惜しまぬよう、私たちはこの国家文学賞を支える所存である。私たちは労と費用をもいとわない。

＊ 今回翻訳されたこの書籍は、主に二冊目の詞華集を対象としたものであり、前者の一冊目を対象としていない。

# 挨拶

現代文化事務局長　ニコラオス・ヤトロマノラキス

日々新しい思想が生まれているが、そのうちのいくつかは自分自身の道を見つけ、書籍という形式で命を吹き込んでいる。読者の家や、電車や船に持っていく鞄やリュックサックの中に入れられ、事務机やナイトテーブル、そしてソファーの横に置かれることだろう。感動を引き起こし、読者の関心を引くことになるだろう。毎年それらのうちのいくつかが国家賞の委員会によって選び抜かれている。本や作品というものが国家の承認によって価値を得るのだと言いたいのではない。重要な本や作品というものはいつでも遅かれ早かれ頭角を現すものなのだから。だが、賞というものが必要になることもあるだろう。ある文学作品が卓越しているということを確かに示し、ギリシア国内外の新しい公衆に浸透するのを助け、いつまでもこれをその時代の特徴であり卓越した例として書きとめてもくれるのだから。国家賞は創作家たちを称えるための、そして包括的な戦略の枠組みにおいて一定の十分な必要物資を作品に備えるための、国の基本的な道具の一つである。同じことが私たちの民族的な書籍生産の外向性のための重要な道具としての文学翻訳にも確かに言うことができよう。

この詞華集に収録された作品はギリシア文芸の大使たちであり、各々が自分自身の方法と主題、そして方向性を有している。現代のギリシアの創造の雑多ではあるが、興味深く誠実な刻印を生み出している受賞作の収集は、様々な年齢層と様々な関心をもつ人々の読者層を引きつけ、作品と若い創作家たちを知る機会を提供し、その創作家の中の幾人かをさらに知らしめてくれることだろう。

# 現代のギリシア人創作家に向けての言葉

文化史家、文化スポーツ省文芸局局長　シッシー・パパタナシウ

ぼくがもらった言葉はギリシア語
ホメロスの渚のちっぽけな家。
ぼくが気にする言葉はひとつ——ホメロスの渚のぼくの言葉。*

我々のノーベル賞受賞者オディッセアス・エリティスの『アクシオン・エスティ——讃えられよ』の詩を基準に、文化スポーツ省文芸局はギリシアで最近一年の間に国家文学賞と詩賞と短編——小編賞、そして新人賞を受賞したギリシア人文学者の作品からなる二巻の詞華集出版の準備を行った。経済危機とその社会的な後遺症に特徴づけられるこの時代は、避けがたい論理上の問題に触れざるを得ない。詩とは何なのだろうか？　文学とは何なのだろうか？　アリストテレスによれば、感情の浄化なのだそうだが？　多くの切れ目が凝縮して断絶が表現され、意識が形成されるための状況が形成されていく歴史事象なのだろうか？　空想という乗り物による現実の表象なのだろうか？　時が流れ、意味不明に思えるこの世界に対する恐怖を追い払うための手段なのだろうか？

エリティスによれば、これらの全ては言語の力を原動力にして活性化されるのかもしれないという。長年の間ギリシア語は国際舞台という大通りから追放されてしまっていた。現代ギリシアの著述は、何年もの間末組織の状況ではあったが、翻訳家と出版人の選択と世界中の首都の大きな書店のショー

ウィンドウ、書籍の国際見本市、国際的な読者公衆の好みに対して正当な権利をもつ状況を要求してきた。文芸局は、具体的なインセンティブをもって現代のギリシア人創作家たちに対し「plus c'est local, plus c'est universel【その土地に根付いていればいるほど、それの分だけ国際的だ】」という言葉を信じつつ一言申し述べておきたい。

この二巻本において、受賞したギリシア人文学者三十四人、内訳は作家十四人の各々短編を一つずつ、そして詩人二十人の各々詩歌を五つずつ集めた。その大部分が様々な年齢層と多様な基盤を有し、異なった方向に向かって歩んでいる。しばしば文学的類縁性も決定的に異なっていよう。この詞華集編纂は、この十年の最初から最後までの事象の様々な状況を背景として大なり小なり最近の文学的生産の風景をその多様性と意味の重層性において刻印し、私たちの文学の歴史的貢献に関する対話に貢献しつつ時代に固有の刻印を概略してくれるものである。同時に、もちろん過去からやって来てこの最近の十年から広範な時代を抱擁する、詩なり物語なりの形態学の問題を表面にもたらしてくれよう。

詩においては、言葉で「遊ぶ」創作家たるホモ・ルーデンスが優勢であり、個人と社会の最良の賛同における思考の優れた傾向性である。散文においては、かけがえのない相互作用において固有の感情を公の感情に結び付けつつ物語を物語るホモ・ナランスが支配権を有している。両状況ともにおいて詞華集の中に含まれる文章の制度上の授賞は内容の質的な保証であり、ギリシア公衆のみならず国際的な公衆にも翻訳版を通して固有の豊かさをもち独創的で魅力的なギリシアの文学的「アーカイヴ」にアクセスする機会を提供するものである。

こういったわけで、この二巻本が外部世界とのコミュニケーションのチャンネル、対話を開いてくれることだろう。同様に一つの固定観念を、つまりジャック・デリダがいみじくも評論しているように、「私たちが書物を読むということは、ほぼ書くことと同じ価値を有する生産プロセスであり続ける」

ということを引き立たせてくれることだろう。加えて言えば、この軸においてこそ文化スポーツ省を具現化する読書推進プログラムが存するのである。

とりわけこの二巻の詞華集編集における目的は、昨日と話すこともできるが明日をも見通すことのできる生き生きとした現在の文学に光を当てて世界の端まで旅できるようにする、ということである。「一体我が心に自由と言語以外の何があろうか」というソロモスの格言に従いつつ「自由の最後の余地」として文学は定義される。

今日、地域的なものも全世界的なものも、民族的なものも他者のものも新しく生じる定義によって再定義されているところにおいて、この二巻本はギリシア文化がギリシアの内に外に成し遂げる諸々の方法と定義、そして変革に対して、私たちがどのように明日に関して想像するのかということに対して多くのものを提供してくれることだろう。ギリシア人の手になる著述は、国際的な環境(だが普遍化されているわけではない)の中でも自己のアイデンティティや部分的なアイデンティティの複合を保ちつつ自分自身の声と場所を有している。時の奥底にまで拡張していく著述というものは、少なくとも私たちは知っているように、著述の歴史そのものと同様に言葉というのは大抵の言語で私たちが目にする文字なのだから、ギリシア的なものであろう。

それではよい読書の旅を!

＊ オデュッセアス・エリティス著、山川偉也訳『詩集　アクシオン・エスティ　讃えられよ』(人文書院、二〇〇六年)の三十六頁から既存の訳を引用した。

国家文学賞　詩賞　二〇一〇年

# パンデリス・ブカラス

Παντελής Μπουκάλας

# 『言葉』

*Ρήματα*

アグラ出版、アテネ、2009年

(49、55、59、64、87頁)

## パンデリス・ブカラス

一九五七年にメソロンギのレシニに生まれる。一九八一年にアテネ大学歯学部を卒業。一九八七年の秋から一九九〇年の秋まで「イ・プロティ」紙の書評欄の主筆を務める。一九九〇年十二月より二十年間、今日に至るまで毎日、文化や社会、そして政治的なコメントを発表しているカティメリニ紙で書籍欄の火曜日担当で主筆を務めた。

一九七六年より校閲者や（新聞、雑誌、出版社において）、校訂者として働いている。一九七八年から二〇〇八年に出版が停止するまで雑誌「オ・ポリティス」の定期寄稿者として協力した（また雑誌「デカペンティメロス・ポリティス」の定期寄稿者でもあった）。古代ギリシア詩の論文や翻訳を雑誌「イ・レクシ」や「ト・デンドロ」、「ガレラ」や「ネオ・エピペド」、「テフノペグニオ」や「ザ・ブックス・ジャーナル」、「ピイティキ」、また新聞「エポヒ」等に投稿した。

二〇一八年にキプロス大学の哲学部ビザンツ・現代ギリシア学科において現代ギリシア文献学博士になった。古代ギリシアの作家たちの翻訳を行っていた。また二〇一六年には『言葉が名前になるとき：我愛す』という書籍と、口語歌に関するエッセイ・シリーズの一冊目である、口語における詩の有する言語の活力を『私は書くために書く……』という書名で出版した。この書籍は二〇一七年に批評・エッセイの部門で国家賞を受賞した。二〇一七年には『愛の血：口語詩における熱情と殺人』という書名でシリーズの二冊目が出版され、二〇一九年には三冊目の『私は赤い唇に接吻した：接吻の旅と誇張のような恋』が出版された。

また『おそらく──ギリシア語と外国語文芸の停止』（一九九六年）という書名でエッセイと書評からなる一巻本、そして「カティメリニ」紙で日曜日に発表していたコラムからなる『争点』という書名で二巻本を出版した（二〇〇一、二〇〇七年）。詩集『言葉』で賞を贈られた（国家文学賞、二〇一〇年）。

作品一覧　詩
『好意の遠征』　アグラ、一九八二年
『いつでもプラタナスは』　アグラ、一九九九年
『言葉』　アグラ、二〇〇九年
『私の沈黙の林檎』　アグラ、二〇一九年　等

# ふさわしくないもの

彼女の下肢は私を思ったこともない――
自分で我が身を律する時
脳の陰謀を出し抜く時、
半ば恥じ、半ば醜く喘ぎ
いつもは巻かれているシナリオを解き放って
夜半、
ついに、自由となる。
あなたの十五音節の身体、
我が海よ、
そう、私は欲しくてたまらないのだ。
だが、失望が、つまりギリシア語で、
感情の否定が運命づけられているが故に、
ただあなたを描こう、
あなたがいない時でもあなたを訪れる放浪者。

あなたを知ることなく、あなたをはっきりと
発音することもなく、あなたを描こう、
胎の檉柳《ていりゅう》*
あなたの名前さえ知らずに。
自分の熱情よりも小さなものだ
いつでも――そして今も。
そうだ。かくあるべきものと
論理的なもの――
もしこの二つが断ち切られるのなら無論、
もし私たちに共通の生があるというのなら。

* 一般にギョリュウとも呼ばれる。アジアから地中海にかけて見られる樹木であり、「旧約聖書」創世記第二十一章で族長アブラハムがベエル・シェバに植えて神に祈った木がこのギョリュウを指していると考えられている。

# 万象

小夜鳴き鳥は息を失う
歌を歌い
ますます歌い
魂が救われる。
かき消されることなく祭りを泣いて
勝ち誇っている
ズルナ*を追い越して
打ち負かすために。
愛が新しい歌を結び付け
この歌はあなたの息づかい全てを欲している
あなたを語るため。
だがそうして、
そうしてはじめてあなたの魂は救われて
勝ち誇るのだ。

愛は獰猛《どうもう》だ。
これを定めるのはその起源。
火葬の薪に果てはない。
この二つからは何もない。
成る。ただ、愛は成るものなのだ。
海が成るように。

＊ ダブルリード型の木管楽器で、バルカン半島やトルコなどで演奏される民俗楽器。

# 歯の叙事詩

海が天と混じり
無限の中で分かたれていた
二粒の時の種のために
憐れみ深い月が身を譲っていた。
その懐で私たちに夜を明かさせ
月の支配する暗闇を星々が煩わせぬように
月が星々を叱っていた。
あなたも――魂、小さな魂、あなたの体
肉体から発する光が
恐怖の聖卓で
熱情を慣れさせる。
唇にはあなたの恋人の痕跡
腹を空かせた、終わりのない欲求の刻印
魂の宿直《とのい》の供をする
寝ずの深い跡

解放されて悩むほど
抱きしめて毒を内に含んでいくほど
水を否む燃え滾《たぎ》る茨を
飼いならそうと悲しみを歌い
風に茨を増やすようにと祈るほど。

私はあなたの恋人の記憶に接吻し
心の奥底で紫禁色《ポリフィラ》を守っている。

私はすすんでラムダ*の海に身を沈める
あなたの歯の小舟が私を連れ去って
私を使い果たして再び起こすため。
愛の道はいつでも開かれている。
そして帰り道は無い。

* ギリシア文字の第十一番目の字母。この文字の数価は三十であるが、一般に親知らずを含めた、左右対称に並んだ永久歯の本数は三十二本だとされる。

パンデリス・ブカラス『言葉』

# 七つ星

愛は七つの灯
燃えて
火のある限り輝く
――神聖な痛みの
寝ずの跡。
その煙は、
あなたが触れる濃密な
光の欠片、
石。
そうして全てを使い果たす。
言葉と胸当て、
恐れと悔恨、恐慌という、
人間的なものを。
なぜなら後にも
そして先にも
最も人間的なものが
愛なのだから――
七つの灯。
燃えている。
あなたが焼かれる限り光り輝く。

# ミセノス

たとえ私がヘクトルの軍隊にいようと
オデュッセウスの軍隊にいようと
如何なる違いがあるだろう。
死神に故郷は無い――民主的なのだ。
その後、私は戦わなくとも、
ただ我が喇叭《ラッパ》を吹き鳴らし
その音で
武装した者に武装した者を送り付けていた。
演奏が温かみを増せば増すほどに
死者も増えていった。
私は血に倦《う》んでいったが
如何に我が技術に不正を冒し、
如何に自分の中で本能的に湧き上がる
律動を信ぜなかろうか。

虚栄心からというよりはむしろ
悲しみや怒りから口を開くまで
私は
我が死の旋律があらゆる神々の喇叭を
打ち負かすことを誇りに思っていた。
トリトンはこれを耳にして
海神だったので、彼の海の喇叭も
激高した。
神々のロゴスは妬みなのだ。
私を溺れさせる。
戦いの喜びも
敗北の喜びも私に与えてはくれなかった。
故に私はマルシュアスを祝福しよう。
奏でて消えた男。
アポロンの狡猾さによって
その笛は敗北した、

その竪琴によってではない
——神々のロゴスは策略だということだ。
神によって吊るされ、皮を剥がれたのだ。
だが、少なくとも戦いはけしかけられたものだった。

国家文学賞　詩賞　二〇一一年

# ヨルゴス・マルコプロス

Γιώργος Μαρκόπουλος

## 『隠れた狩人』

*Κρυφός κυνηγός*

ケドロス出版、アテネ、2010年

（9、11、25、34、41頁）

## ヨルゴス・マルコプロス

一九五一年にメシニで生まれたが、一九六五年よりアテネに居住して働いている。経済学と統計学を専攻した。

詩と同様に文芸批評、雑誌や新聞に他の文章を執筆している。他の詩作品や研究論文二つ（ギリシア詩におけるサッカーとタソス・リヴァディティス*に関するもの）を含んだ書籍を刊行している。一九九六年にはエジプトのアレクサンドリアにおいてカヴァフィス賞を受賞した。一九九九年には詩集『河を覆うなかれ』で国家文学賞詩歌部門を受賞した。*Ne recouvre pas la rivière*（パリ、二〇〇〇年）という仏題で詩集全体の中から選集がミシェル・ヴォルコヴィチによって仏訳で出版され、二〇一六年には Chasseur caché（Le miel des anges 出版）という総題で完全版が出版された。二〇一一年には詩集『隠れた狩人』で再び国家文学賞を受賞し、作品全体に対してアテネ・アカデミーのウラニス財団賞を受賞した。

作品一覧　詩　『一つと八つの簡単な断片と下界のクレフティスたち』クロス、一九七三年
『ある外国人と忘れられた女性の物語』ヤキントス、一九八七年
『河を覆うなかれ』ケドロス、一九九八年
『隠れた狩人』ケドロス、二〇一〇年　等

＊ タソス・リヴァディティス（一九二二—一九八八）はギリシアの詩人であり、その作品のいくつかはギリシアの国民的作曲家であるミキス・テオドラキス（一九二五—二〇二一）によって曲が付された。

# 昔の俺

皆どこに行き、どこに消えたんだ？
世界を変えたいと言っていたあいつ、
静かにじっと座っていられなかった幼い子供、
恋の傷を受けて別人になったあいつ、
軍隊で飼い慣らされず、獰猛で恐れ知らずだった
　あいつ、
道々を踏破し、まだまだ燃えさかる旅人だった
　あいつ、
皆どこに行き、どこに消えたんだ？

一条の風が吹きつけ、やつらを包み込んでしまった。

一人の時は不眠を恐れていたあいつ、
ほら、この男だよ。今になって路上を巡っている
手に林檎と暖炉を持って。

# 何か合図を送ってくれ

君の名で君を呼ぶことはもうできない。
だが何か合図を送ってくれ。

私は一人でいるからだ
人を殺めた後に銃身から上る煙のように
火事の漆黒に突如生え出た
野生の無花果のように。

朝の死刑囚の口に夕べから運ばれる
聖体拝領の匙の如
執行現場の樫の如
私は一人で君を待っている。

飯屋の親父に呼ばれた猫の如
張り詰めた私の感情とともに。
視神経が顕微鏡の中の
天そのものである目とともに、
もはやロマの折り畳み天幕ではない
太鼓の耳とともに。

列車を突如眼前に捉えた山羊の如
恐慌の散らされた言葉とともに、
レンズに閉じ込められた時計職人の目の如く
多くのものを目にする漆黒の魂とともに、
私は一人なのだ。

私は一人で君を待っている。

# 自動車の墓場

ここは幾千の大気の擦れる音、
タールとガソリンの消えない臭い

ここ、ここの全ては、古びた自転車とバイク、
観光バスのサイドミラーと大型トレーラーの
ヘッドストック

ここ、ここの全ては、脚の壊れたオート三輪、
捨てられたタクシー
鶏の女王の玉座
腐食したメルセデスの後部座席。

ここ、ここの全ては、へこんだトラクター、
ロードローラー、
キャタピラーとドイツの採掘機、ここ、
ここの全ては、
鉄くずの中で告白された何千もの
永遠の「愛しています」
アザミと糞。

# 強盗は語る

高地では、もう疲れてしまった
下に降りたい、
庭の蔦を平らにし
隣の囲いでマーマレードを作ってくれる
この地のマリアの手に接吻したい。

疲れたと言っているんだ、疲れたよ、
真夜中が私をますます傷つけ
抑えられない熱、
崩壊した衛兵所を敵が捕らえるように、
私を捕らえる。

今や夕方になり
村々と露のかかった緑の畑を
遠くの平地に私は見る。

夕方になり、もう夜に向かっている。

死が錆びた水車に織り込まれ、
鳥は飛び立ち、いなくなり、
耳の奥深くに狂人を
犬がやつらを狩り立てる。
犬がやつらを、そして鐘を狩り立てる。

# 葬送行進

亡児《ぼうじ》は棺で運ばれていた。
つぶれた煙草屋と「ジプシー」という店、
床屋と古い万屋の道を、人々が引き回していた。

亡児《ぼうじ》は棺で運ばれていた
誰も他者に答えず、
隣人に話しかけもしなかった。
悲しむ家々は傾いて、沈黙のうちに傾いて、
風は低く盗人の如、外法《げほう》に、
向かい道に、向かいを通り、
海は不安げに、
不安げに、自分の小さな波を集めていた。

国家文学賞　新人賞　二〇一一年

# トドリス・ラコプロス

Θοδωρής Ρακόπουλος

## 『ファイユーム』

*Φαγιούμ*

マンドラゴラス出版、アテネ、2010年
ネフェリ出版、アテネ、2019年（再版）
（7、10、12、18、25頁）

## トドリス・ラコプロス

一九八一年にアミンデオに生まれる。テッサロニキとロンドンで学んだ。イギリス、イタリア、南アフリカ、キプロスやノルウェー等で長年働いた。ブログに『どんな名前であるにせよアフリカ』という作品を残している。彼の詩は英語やフランス語、スペイン語、ドイツ語やポーランド語に翻訳されている。オスロ大学社会人類学の準教授である。詩集『ファイユーム』で賞を受けた（新人賞ー詩の饗宴二〇一〇年、国家文学賞、新人賞、二〇一一年）。

作品一覧　詩　『ファイユーム』マンドラゴラス、二〇一〇年
『鉱物の森』ネフェリ、二〇一三年
散文　『火薬の共謀、散文』ネフェリ、二〇一四年
『ポケットのコウモリ、散文』ネフェリ、二〇一五年

# 肩の後ろを見る君のいつもの癖

私たちは音楽の中に声なく立っていた。写真は
私たちの膝に。黒の皮のジャケットと大気の中で
　君がまっすぐと見る、
しっかり確かな写真――カメラの別な面では
私は確かに笑っていたことだろう。後ろには
セメントの橋と空っぽの
大地、君の村。

私たちはずっと跪いて見ていた。橋の上で
君は水面を妬んでいるかのように――遠出。
IX*が後ろで
温めた機械で休息を終わらせ、
眩暈を止めて、君たちが目の前から消え
失せるのを待ち構えている。君たちは見ず、
妨害もせず、私は愛の写真を撮る。

＊　ローマ数字の「九」であるが、自動車の車種を指し
ていると考えられる。

トドリス・ラコプロス『ファイユーム』

# レンズ

待つ玻璃《はり》を描いた
明晰な筆遣い。

風景からだけでも多くのことがわかる。
残りのものは
カメラの中に残っていた。

さしずめ今
カメラにポーズをとれば
フィルムは無くとも
後で明らかになるだろう。

静脈に青い水銀を滴らせる
周りの街が——何千の口で——
時計の針を高くかかげている間。沈
黙。石膏に閉じ込めた震え。
少女は不格好に地平線を着る、どう向きを
変えればいいのか分からないのだ。

小高きところに海。
海岸で古い波を

# ファイユーム*

写真の不正確さや
綴りを間違えた軍人の記憶をもって
大通りの曲がり角で、
自ら動く者も、動けぬ者たちも
時折アイデンティティキットに答える。

彼らは身震いもしない
トランジットと雨に濡れてくすんだ
旅券の照明写真のためにでもしているかのように

停車する
――他の詩でも――
交通渋滞がファイユーム全体を
心に刻印する限りは。

* 太古より人が居住しているエジプトの都市であり、カイロから南方百三十キロほどに位置している。

# Et in Arcadia ego

アルテミスの時空

あらゆる現実性を伴って
　　　世界は土に入った
火打ち石に囲まれていたが、突然
私は水の中にいた
——絶望した目覚めが逃亡に終止符を打ち
日が壁を君の声に高めるように——
再び詩になって墨となり
魚たちの失われた指輪を探させるため
蛸が私を海底に引きずり込んだ。
私は埋葬品を地に運んでいたので

——永遠の叫び——
わき腹から葦で
あなたの矢を呼吸する。

# 言葉を恐れぬ長旅

東京——サロニキ間は遅延している。
君は封のされた目を
頁の中に下ろしていた

彼らは丁重に珈琲を断った、正餐、おそらく
夕食だったのだろう、大気、話される言葉、計画、
　去年の
映画の成功の中で君は片方、もう一方を失うこと
　になる——

ならば、宙《ちゅう》を漂う平穏を、
停車を、その間、主要貨幣の為替を
気圧計の変化を一つにしながら

この宙を漂う地理の中、衛生放送には遅延が伴い、
そう私は書いている。麻痺はいつでもレム睡眠だ
　と機中で人は言う。
結構。君にも語りたい夢はあるだろう、と言う人
　も出てくるはずだ、それは

鞄が君の前に落ちる時——「微睡《まどろ》みの酩酊」と
言われるもので、と私は
控室で埃を払いつつ説明する——
君は私のことをもっと知りたがることだろう。

おそらく同じタクシー
君が何時間も夢に見ていた
中心部までか、それとも富士山への約束

着いた時にはもう遅かった。
だらだら続く停車——私はプラットフォームに出て、

人込みの中に君を見失い、顔は覚えてはいないが、
懸命に探してみる。

手荷物の旅券、携帯、小さな封筒
女性的で奇妙に親しみのある文字で
名前。開けて見る、
これだ

遅くに起きる限り——列車の窓から見える
夜明け——この詩が私の道連れだ、三千万の見知らぬ
人々に近づきつつ。

国家文学賞　詩賞　二〇一二年

# カテリーナ・アンゲラキ・ルーク

Κατερίνα Αγγελάκη-Ρουκ

## 『存在のけだるさ』

*Η ανορεξία της ύπαρξης*

カスタニオティス出版、アテネ、2011年

（22、26、30、34、48頁）

# カテリーナ・アンゲラキ・ルーク

カテリーナ・アンゲラキ・ルーク（一九三九―二〇二〇）はアテネと南仏で勉強し、翻訳学と解釈学の学位をもってジュネーヴ大学を卒業した（ギリシア語、英語、フランス語、ロシア語）。一九五六年に「ケヌルギア・エポヒ」に初めて自身の作品を発表した。世界中の雑誌や新聞で詩と翻訳詩に関する論文が発表された。詩は十以上の言語で翻訳されており、世界中の詞華集に収録されている。最初の栄典はジュネーヴ市の第一詩賞を受けた時に外国からもたらされたものであった（Prix Henche、一九六二年）。一九八五年には国家第二詩賞が『婚約者』に対して贈られた。二〇〇〇年には作品全体に対してアテネ・アカデミーのウラニス財団賞が贈られた。二〇一二年には詩集『存在のけだるさ』で国家文学賞を受賞した。二〇一四年には作品全体に対して大文芸賞が贈られた。彼女の翻訳作品は詩に集中している。

作品一覧　詩
『マグダラ、或いは偉大な哺乳類』エルミス、一九七四年
『ピネロピの散らされた心臓』トラム、一九七七年
『身体は美しい荒野』カスタニオティス、一九九五年
『恋で人生の終わりを翻訳しながら』カスタニオティス、二〇〇三年
『存在のけだるさ』カスタニオティス、二〇一一年
『他のまなざしで』カスタニオティス、二〇一八年　等

# 月も行ってしまう

月、月を
私の胸、腹に
あまりにぴったりと寄り添うもの
私はもうこれを見はしない
もう鏡を見ることも
ないように。
今や月は
青ざめた、弱弱しい光
ごくわずかに輝いて
夜な夜な
鎌と共に
満月の情熱が育っていく時に
思い起こさせるのは
他の瞬間だけ。

湿ったあなたも小石の中で
創造の意味を
自分が理解したものだと思って、
銀の光はいつだって
昼の黄金よりも官能的なのだから、
どんな空想の太陽も
月という詩を止めることのない
自然にはありえないような
時代を夢見ていたね。
あなたは、くだらない女よ、
刺激的な月という揺りかごで
いつまでも揺られるのだろうと思っている。
だが月も行ってしまう
これもまた行ってしまうのだ。

# 予期しない発展

その日私に一滴
命の滴を注ぐ
この毒は
どの天から滴ってくるのだろう?
私のまなざしが
男物の服の下で
わずかでも描写しようと
「あの人の」体に触れていた時に
私の存在をあふれさせた
あの光はどこにあるのだろう?
あの時、言葉があふれ出て
思想が野鳥のように飛び
言葉で養われるのを拒んでいた
腹を空かせていたのに。

夜は、恐れおののきはしなかった。
たとえ沈黙していても、お伽話を語り
夜明けを約束していた。
人というのは
厄介な孤独の反意語ではなく
その奥底に
秘密の涼しさと慰めを隠した
井戸だった。
言っておこう。一体私のせいなのか、
それともますます近づいてくる
生の黒き反意語のせいなのか?

## 隠遁

黒きものが私を包もうと待ち受けている。
　私は知っていた。

隠者は歯も接吻も無い
彼女の口の中を見ていた。
黒の帽子が
天の青を汚し
彼の平安はオランダ人たちの絵の
分厚い絹のように
折り目がたくさんついている。
ヤヌーサは
油と沈黙に浸された
彼の救済の時を
誘惑の涼しい渓谷すれすれを行く
孤独な歩みを
空想した。
そして北極熊が
体の脂肪を思い浮かべて
寒さに耐えているように、
凍った穴の中で彼の死を模倣しているのだから
魂は脳という灰色の袋の中で
生に耐えるため
絶対のものを模倣する。
夜に聞こえたのは彼の叫びだけ
葡萄の枝が
跪くように折れる。

# 飲んで飲みつくす

今の私の人生は
私を縛るあらゆる黒きものと共にあり
私は小動物のように怖がり
夜には熊におびえ
雲の後ろで
全てが定まっているのではないかと恐れているが、
どうなのだろうか。
私の人生は
飲み干す酒精《アルコール》も無く、
私の不足を大きくして飾り付け
昼の重荷、
夜の担うことのできない荷を軽くする
この注ぎも無く、
舌下に夢を、
流れる肉体となり
一息にすする時はいつでもこれに触れる
この夢を泊めてやることもなく、
そして一滴一滴
私の中で淀んでいく空虚を
決して計るのをやめることもないのだが、
どうなのだろうか。

# 詩的追伸

詩はもはや
美しいものではありえない
真実が醜くなってしまったのだから。
今や経験が
詩の唯一の肉体であり
経験が豊かになるほど
詩は豊かに養われ、おそらく力強くなることだろう。
我が膝は痛み、
もはや詩歌に跪拝《きはい》*することができず、
我が経験豊かな傷を
詩に贈ることができるのみ。
形容詞は枯れてしまった。
今や我が空想で
詩作を装飾することができるのみ。

だが詩が私を欲する限り
私はこれに仕えよう
我が未来という閉じられた地平を
しばし忘れさせてくれるのが詩だけだからだ。

* ひざまずいて礼拝することを指す。

国家文学賞　新人賞　二〇一二年

# トマス・ヨアヌ

Θωμάς Ιωάννου

## 『イッポクラトゥス通り十五番地』

*Ιπποκράτους 15*

セクスピリコン出版、アテネ、2011年

（9、13、14、26、44－45頁）

## トマス・ヨアヌ

一九七九年にアルタに生まれる。プレヴェザで育った。アテネ・カポディストリアス大学で医学を学んだ。詩集『イッポクラトゥス通り十五番地*』で賞を受けた（二〇一二年度国家文学賞新人賞）。日刊の刊行物や詞華集などで彼の詩やエッセイが刊行されている。三カ月ごとに刊行される詩の雑誌「タ・ピイティカ」編集部の成員である。彼の詩は英語、フランス語、ドイツ語、イタリア語、スペイン語、ルーマニア語に翻訳され詩集などに収められている。

作品一覧　詩　『イッポクラトゥス通り十五番地』　セクスピリコン、二〇一一年

* この住所にはアテネ大学学生クラブのある建物が位置している。

# 嵐の予報

この雪の積もった斜面で
君はまだどれほど耐えることになるのだろう
そこにはスラロームをしている人
自由降下をしている人がいる
卓越したスキー選手
詩行の芸術家は
折を見てあらゆる種の
障害物を避けている

緩慢にせよ早急にせよ
終止符を打つのも忘れて
君はどこかの崖に立つか
さらに悪い時には
疑問符を抜かして
滑稽に滑落することだろう
ありふれた、要求の多い
あらゆる種の奇跡的恥辱を
渇望する者たちの目に
君はとまることだろう。

時が来るまでは引き延ばすのもよかろう
吹雪になり
かくもの沈黙符の中で
私たちは確かに行方知れずだ。

# 検死

海から引き上げられた時
彼は何日もかけて乾かされた

蛸のように打たれ
魂は柔和になろうとしていたが
自分の口からは
最後の言葉を出しはしなかった
最後の欲求を振り絞り
明瞭に話そうとはしなかった

体の塩気は
あたかも海の汗であるかのように
その中を出たり入ったりし
いつでも自分が最後で
いられることを知っている
愛する者の激しさをもって。

歯の間に
そこから子供を集めていた
貝を頑固に張り付けていた

海底の記念品
海の上を
歩もうとする
者たちのお守り

# 君はその日を摘んだのか？

君はその日をゆっくりと摘んでいる。
時はバイクにまたがるが
君は部屋をはいはいしている。
愛する足を
探して

新しい日は
君を床に見出す。
微睡みの穴へと
引きずりこもうとして

# 保護措置

詩に言ってくれ
日のもとに長くいるんじゃないと

詩行は黒く、真っ黒になり
白の余白も
日に焼ける不安で
狭く、赤くなる。

いいから、陰の下で生きるんだ
それか日焼け止めを塗るがいい
然るべく我が身を守るんだ
この魂の穴は
日に日に大きくなっていくのだから

この生のあらゆる投光は
この神のあらゆる濫費《らんぴ》は
いかに吸収されるのだろうか?

紫外線の振動には
どのフィルターを置くのだろうか?

今、私たちは明らかにした
我が身の染みが
色と大きさを変え
終わりの称号として現れていることを

# 高さの喪失

天は
自由落下している
極小さな地震でも
君は恐れおののいている
足下に地を失って
しまわないようにと

おそらく僕は嫉妬しているんだ
君に開いた目があることに
そして僕もあんぐりと口を開けている
ここかしこにつまずいて
子供たちの地平線が
どれほど低くなるのか測りつつ

重力を無視して
僕たちが星に向かって落ちる
日が来るのを願いながら

おそらく僕は君が足を踏みいれることに
嫉妬しているんだ
僕もこの地のものではないものを
語っているのだから

だが友よ、君は
僕たちがどれほどの背丈を夜の中に投げ込んだのか
僕たちの足から天を奪う
備えをして目を醒ましていたのを覚えているか？

今、天は
僕たちの頭にかかっているが
ただ雨が降る時だけは

君は視線さえ投げかけない

そうして君は天を侮辱する
子供たちの目で
失ってしまった高さの故に
天があえて泣いた故に

# トマス・チャラパティス

国家文学賞　新人賞　二〇一二年

Θωμάς Τσαλαπάτης

## 『夜明けは虐殺です、クラークさん』

*Το ξημέρωμα είναι σφαγή κύριε Κρακ*

エカティ出版、アテネ、2011 年

（11、21、29、35、43 頁）

## トマス・チャラパティス

一九八四年にアテネに生まれる。アテネ大学哲学部で学んだ。詩集『夜明けは虐殺です、クラークさん』で賞を受けた（二〇一二年度国家文学賞新人賞）。演劇脚本を執筆している。彼の詩は英語、フランス語、イタリア語、スペイン語、アラビア語に翻訳されている。ギリシアや外国の詞華集にも収録されている。「エポヒ」紙や他の印刷物、またインターネット雑誌で記事を執筆している。

作品一覧　詩

『夜明けは虐殺です、クラークさん』　エカティ、二〇一一年
『アルバ』　エカティ、二〇一五年
『フリッツとラングの地理』　エカティ、二〇一八年

# 樽

ある朝、クラークさんは憂鬱だった。ニシンの樽に上って天を眺め始めた。落ちていく飛行機を数えるのが好きなのだ。その周りでは、まばらに芽が吹き、老人たちは屍を飛ばす。喉を掻き切り殺されたのか、少なくとも、くすぐりで生気を失ってしまった、疑問の終わる深い深い穴。暗闇の中で何かが咳をしているが、クラークさんは自分がいつでも最も誤った瞬間に微笑みかけているのだと感じている。電線に屍をひっかけてしまった老人たちは感電して死んでしまう。クラークさんは老人たちに目を向ける。彼らを見てリンゴを食べている。

## 反響

クラークさんは眠ることができない。フン人の群れに妨げられているのだ。毎晩、同じ話に疲れ果てている。同じ騒音が覆いを引き剥がし、同じ騒音が灯りをつけ、瞳を開く。馬具が石畳に傷を彫り付けていく。湯気が怒った鼻孔から立ち上る。厳格で鉄線を張り巡らせた景観が血を凍らせる。残った人間的なもので刃を綺麗にしながら、血を凍らせている。

剣を砥ぐ時の騒音、生肉を食らう時の騒音、どよめきながら襲い掛かる騒音、修道士たちを暴行する時の騒音。村が焼ける時の騒音、帝国を建てる時の騒音。殊に、凝縮した夢を眠っていたのに、婚礼の日に酔っ払いたちが引き裂かれた鼻の血で溺死する時の騒音。

もちろん、これら全ては西暦四百五十年に消えてしまった、永遠に、つまり、クラークさんが横になる前に。

# 箱

私は、いつも中で誰かが誰かを虐殺している箱を持っている。

靴の箱よりは少し大きい。葉巻の箱よりは少し野暮ったい。誰が誰をなのかはわからないが、誰かが誰かを虐殺している。そして音は聞こえない（聞こえてくるとき以外は）。これを図書館に置き、何時間もこれを眺めていたいと思う時は、陽《ひ》で黄ばむことのないよう窓から放してテーブルに置き、自分が尋常ではないと感じたい時には寝台の下に置く。我が家で祝事がある時でも、日曜日でも、雨の日でも、中で誰かが誰かを虐殺している。

この箱を見つけた時——どのようにしてかは言わないが——喜んで家に持って帰った。あの時は、海の音を聞いたように思っていた。だがその中では、虐殺が起きているのだ。

騒音が、万象の知が、箱の中の出来事が、私を病ませ始めた。この箱の存在が、私を病ませ始めた。行動し、我が身を解放し、心を落ち着けてシャワーを浴びねばならなかった。決断せねばならなかった。

それで、これを友人の一人に郵送した。贈り物のできる唯一の友だ。色とりどりの無邪気な段ボールで箱をくるみ、段ボールを色とりどりの無邪気なリボンで結んだ。箱の中には手紙の入った箱があり、この箱の中でも誰かが誰かを虐殺している。郵便受けで友の手に届けられるのを待っている。ただ贈り物をするために、友情を維持しているというわけだ。

# 悪人の詩

「今、私の日々は穏やかに過ぎ去って、私は夜中も
　思い悩みなく深く眠る」
ジャック・ロンドン『満月顔』

まず私たちは彼女のおはようの挨拶を切った。
次にその首を切った。
マダム・ド・スタールは大きな帽子、
猫三匹と眠たげな蜥蜴の入った籠を持っている。
あれらの女たち、
力の強い女たち、
大きな骨盤をした女たちの一人であり、
睡眠不足の一群を産み出してやろうと手ぐすねを
　引いており、

車体がぐちゃぐちゃになるのを見つつ
彼女自身はわずかなかすり傷と
おそらくは満足の微笑をたたえて抜け出すことに
　なるのだろうが
車にぶつかってやろうと手ぐすねを引いている。
生は呻きとウオノメと肉体に満ちている。
おお、生よ。お前は腕をかけ
床にビニール袋を引き延ばせ。
その上を今や
蟹股《がにまた》の沈黙が通って行く
お前が見ている時、見ているだけ、ただ見ている。

だが、まずおはようの挨拶を
次にその首を。
新鮮な昔の言葉の過去の脅迫との
お前のもつれを私が解こう、最後には。
まばらな血、私の昔の血縁。

我が子供時代のおかしな恐怖よ、絶対の
恐怖よ。

ついに私はお前の限界を知る。
ついにはお前の没落を図る。

# 答え

ある避け難き日、大衆が求め、クラークさんは受けいれた。答えを与えてくれるはずだった！　最も珍しい単語を動員した。曲強勢記号[*1]と気息記号[*2]で装飾し、歯を磨いて、話を研ぎ、眼鏡をかけた。そうして眼差しの大海が下から台座に上った。

　クラークさんは口も利けなかったのだが、大衆は急ぎもしないが辛抱もせず、彼を見ている。今では数日が経っている。クラークさんは、話すことのできない思いがけぬ彫像――少なくとも比喩的には――この特徴と沈滞、無能力と名前のひびを動かすこともできない。彼は話し、後ろを振り向こうとする。そこでは結局、答えにさしたる意味は無い。

　事の成り行きについては、私はそれ以上何もわからない。だから、君たちは問わない方がましなのだ。更にクラークさんは厄介な人で、終わりの無い現在形だ。この出来事の故に私には答えが無いのだ。

＊1　アクセント記号のことであり、元来ギリシア語にはアクセントのある母音に鋭アクセント、重アクセント、曲アクセントの三種類のものを付していたが、時代がくだるにしたがってこれらは装飾になり、現在のギリシア語の強勢記号表記体系では統一して鋭アクセント記号のみを付す。

　2　古代ギリシア語において文頭の母音にhの音が含まれるかどうかを区別するために用いられた記号であり、時代をくだるにしたがって語頭の母音のh音は消失し、完全に装飾となった。現在のギリシア語の強勢記号表記体系では気息記号は付されない。

国家文学賞　詩賞　二〇一三年

# マルコス・メスコス

Μάρκος Μέσκος

# 『身代金』

*Τα λύτρα*

ガヴリイリディス出版、アテネ、2012年
（23、27、34、38、70－72頁）

## マルコス・メスコス

マルコス・メスコス（一九三五―二〇一九）はエデッサに生まれた。一般過程と中等過程をエデッサで満了し、青年期より詩を書きながら父の店で働いた。一九六五年にはアテネにあるドクシアディス校の技術学校に通うため、アテネに定住した。一九八〇年まで、広告事務所でデザイナーや出版編集人として働きながらそこで生活した。一九八一年にテッサロニキに引っ越し、雑誌「ヒログラファ」出版チームの設立メンバーに、後に一九八七年から一九九三年まで農業組合出版（AΣE）の責任者になった。「エピテオリシ・テフニス」、「エフィメリダ・トン・ピイトン」、「ケヌルギア・エポヒ」、「ネア・エスティア」、「ネア・ポリア」、「オ・ロゴテフニス」、「マルティリエス」、「シミオシス」、「デカペンティメロス・ポリティス」、「アンディ」、「エリトロホス」、「ト・デンドロ」、「グラマタ・ケ・テフネス」といった雑誌に詩や散文、そして研究を発表した。彼の栄典は、一九九五年の詩集『挨拶』で雑誌「ディアヴァゾ」の詩賞を、二〇〇六年にアテネ・アカデミーのコスタス・ウラニス及びエレニ・ウラニ財団の詩賞を、同じく二〇〇六年にはその詩全体の故に、そして二〇一三年には『身代金』の故に国家文学賞詩部門を含んでいる。

作品一覧　詩　『死の前に』　ネア・ポリア、一九五八年
『大地の影』　イプシロン、一九八六年
『挨拶』　イプシロン、一九九五年
『身代金』　ガヴリイリディス、二〇一二年
『アルファ・ヴィタ：詩』　キフリ、二〇一五年

散文　『天国の玩具』（短編）　ネフェリ、一九七八年
『カルカヤスの水：散文』　イカロス、二〇〇五年
『散文』（短編の選集）　ガヴリイリディス、二〇一三年　等

# あれ以来の夜

林の空き地で彼らを荒廃させた。
眼差しの後ろ、後ろへの歩み
黒の森で動物は死者たちと踊りながら身を隠している。
——山の高みから渓谷を降りていた。五月だった
鳥と花、光が大気を取り巻いている。
　そこを通り抜け、穴の少し下から
頭に火を放った時は
悲喜の混ざった芳香なのか
曖昧な裏切りなのか。

今では初めの夜に凍りついた、冷たい戦慄のそよ風
今では舞踏。死者たちの舞踏。

# 気の紛らわし

朝、雨が秋の銀の絨毯でささやいていた。
理解のできない儚い言葉――遠い声
黄泉の漆黒の、霧の煙の遠い翼
目の上の土

　死は白き王国として花開き、
老いるも、彼は着飾るかのように……

# 単純な物語

おじで背の高いエフティミスの目は青色で、母の一人目の従姉妹で乳母のアフロディティティさんと結婚した。荷馬車と庭のある生活。あの人は酔っ払いで、昨晩から、私は彼のことが頭にひっかかっている。あの時、ヴォデナ*にある居酒屋「アラスカ」から飛び出して、耳まで笑い、かの日と哀れな生に満足して千鳥足で歩きつつ、「ああ、私の家の前が上り坂じゃなかったらな」と言っていた。

私が黒くなる時
正しく巨大な青い目をした男が私の微睡みに
　やって来て、
私の手を引っ張って、私を昔の忘れられた
言語で鳥や泉と名付けつつ
私を「灌木」へと連れて行く。

* 詩人の出身地であるエデッサの古い呼称であり、ギリシア王国領に編入される前に当地に多く居住していたスラヴ住民系の言語の「水」に由来する。

# カラミツィ*でのささやかな休息

十度《とたび》この木を上り下りし、
震えるリスは急いでパンの皮をついばんでいた
新緑に捨てられたパンを。

アカシアで小さな雀が震えている
熱心に自分の言語で
忘れ去られた御馳走、 パンくずを求めながら。

＊ カラミツィはレフカダ島やキモロス島、そしてハルキディキ半島などのギリシアの各地に見られる地名。

# 鳥

出立した詩人ヨルギス・パヴロプロスに*1

ある盾、他の盾の鳥

天上の屋根に総舵手、低きにツバメ、コウノトリ、スズメ、コマドリ、ツグミ、ゴシキヒワ、キジバト、ヤマシギ、アシナガワシ、高くにゴイサギ、遠くにアホウドリ、窓のズアオドリが飛びながら――

波、葉、風の塔、すぐに消えてしまう浜辺の
　足跡
蜂の巣、黒と赤を詰めた船

ホメロスの八百と七十と六の船、鳥、場所と名前群衆、ヒュリア、アウリス、テスペイア、アスプレドン、ミニュシオとピュトンとクリサ、神聖なるキュノスとオプス、アレシオ、尺骨の岩、ドゥリヒオ、エヒナデス、ネリトス、クロキュレイア、リュカトス、リュティオ、カメイロス、エウリュピュロス、アロスとアロネ。ピュラソ、ボイベとタウマキア、イトメ、ヒュペレイア、オルトレとスオルソナ、そしてスティガのペネイオの支流に水を注ぎこむティタレストスを牢屋と呼ぼう。アシネとファイストス、エレトリア、エピダウロスとイオルコスとフェレス、ファレ、そしてメッセ、スパルテとオイテュロスはまだ荒野で息をしている。

かつてアガメムノン、ピネレオス、アスカラ

フォス、そしてスヘディオスとエピストロフォスという指導者たちがいた。オイレウスの息子アイアス、エレフィノラス、メネステアス、テラモンの息子の大アイアス、ディオメデス、メネラオス、聡明なネストラス、アガペノラス、タルピオス、ヒュレイデス、デュセウス、トアス、そしてイドメネアス。ヘラクレスの息子トレポレモス、フェイディポスとアンティフォス、無敗のアキレウス、友人のパトロクロス、プロテシラオス、フィロクテテス、エウメロス、ポダレイリオス、そしてマハオナス、ポリュポイテス、プロトロス――死すべき神々と女神たちの間で、「地下から呻いて全地が光を掴むかのように」。

そしてイリオスの海岸の同じ戦争の円環には、プリアモス、ポリテス、パレス、そして輝かしいヘクトル、ヒポテオス、レトス、そしてテンタモス、ペイロスとアカマス、ケアデスのエウフェモス、ピュライクメス、ピュライメネス、オディオスとエピストロフォスのアリゾナたち。ミュシアの人クロネスとエンノモス。フォルキュスとアスカニオス。メストレスとアンディフォス、ギュガイアとタライメネスの湖の子供たち。ナステス、サルペドナス、クサントス川のグラウコス。女神アフロディテのアイネイアス、アンテノル、リュカオン、パンダロス、アドラストスとアンフィオス。ヒュルタコスの息子アシオス、ヘレネ、エカベ、メデイアとカサンドラ、死の炎、灰、分捕り品、ラオコオンとドーリアの騎士たち。

忘れられた場所、ミュリナとバティエイア、ゼレイア、アパイソス、ペルコテ、プラクティオ、アブユドス、セストス、クロムネ、アイギアロス、フティリのアリュベ、森。トロイ人とマグネシア人、フリギア人、マイオンたち、カリアの人々、リュキアの人々、そして堕落したペラスゴイ人とダルダノイたち、キコネスたちとパイオネスたち、書き物の残りの後書き、名も無き者たちの深淵の名声深くの至る所に広がる最大の忘却。

失念する前、足の裏二つの前の足跡二つ、野鳥はあたかも関節の無い防腐処理の施された、配達人たちの聖なる鳩、かの年月に私たちの天の門で実現された約束。鳥、ギョク、セス、クーラ、カナタクリア、木綿とカラクラク。つかの間のハヤブサ。真夜中にキュナリとアイナリの不平を滴らせる梟、アルクラク、カラバツ[*2]、小さなパンくず、肉体と翼を纏った肉体、黒と白の檸檬。

――白の？

この地の地獄では、ただ真っ白な片隅、我が放蕩、愛する形象が息を引き取る時に鳥が生まれる度に、追憶に結びついた灰色の鳩が道を示す。だが何かが立ち去ったのだそうだ。ヴィタリの鳥は夜明けから深く真夜中まで歌う。

テキストの必要の故、ホメロスの『イリアス』からの名前の選択はオルガ・コムニヌ＝カクリディの翻訳に基づいている。第二歌、四九四―八七五、第一版、ザハリプロス出版。

＊1　ヨルギス・パヴロプロス（一九二四―二〇〇八）は戦後の第一世代に数え入れられる詩人であり、『鳥はどこだ？』（二〇〇四年）などの詩集や散文を残した。

2　ギョクはトルコ語で「天」や「青い」を意味する言葉であり、セスは同言語で「声」であり、カラクラクやアルクラクなどカラバツに至るまで、この個所にはギリシア語としては意味の通らないトルコ語に由来する言葉がちりばめられている。

国家文学賞　新人賞　二〇一三年

# フリストス・アルマンド・ゲゾス

Χρήστος Αρμάντο Γκέζος

## 『実現しない恐怖』

*Ανεκπλήρωτοι φόβοι*

ポリトロポン出版、アテネ、2012 年

（15、16－17、21、30、38 頁）

メラニ出版、アテネ、2016 年（再販）

## フリストス・アルマンド・ゲゾス

一九八八年にヒマラで生まれ、ラコニアのスカラで育った。アテネ国立工科大学の機械農村経営地政学を卒業した。詩集『実現しない恐怖』で賞を贈られ（国家文学賞の新人賞、二〇一三年）、小説『泥』は二〇一五年にAthens Prize for Literatureにノミネートされた。二〇一九年にはカスタニオティス出版より初めて執筆し、ヴァシリス・ガラニが絵を描いた子供向け書籍『頭にボールのある木』が出版された。短編「食のための心」はショート・ムーヴィーになった。英語から文学作品を翻訳し、映画や書籍について文章を書いている。書籍展覧会でギリシア代表を務めたこともある。アテネに居住している。

作品一覧

詩　『実現しない恐怖』ポリトロポン、二〇一二年

散文　『泥』（小説）メラニ、二〇一六年
『シーソー』（短編）メラニ、二〇一六年

# 新年の決意

今、一年が力強くやって来る音が聞こえる
過ぎ去った一年の骨の上を踏みつけながら、
メモ

一つ、私は嘘を言うことを学ぼう、
何よりも自分自身に。
二つ、最後にはわき目もふらず太陽を見ることを
　学ぼう、
最後に見ることになるとしても。
三つ、人を憎むことを学ぼう
さらにもっと。

四つ、ほほ笑みを学ぼう
たとえ一回限りでも。

五つ、我が寝台で
死体を抱きしめることに慣れよう。

六つ、もっと大切なことは
ここでもそうなのだが破廉恥に
嘘をつくのをやめることだ。

フリストス・アルマンド・ゲゾス『実現しない恐怖』

# ……そして私たちは行く

私たちは生まれ、そして行くことになる。

あの人たちは世界の門で
私たちを籠に残し、
黄昏に溶かされる前にいなくなる。
誰も開くことはなく、
私たちを養うのは靄ばかり。

成長すると、
死んだ細胞のように
私たちは娘の胸から落ち
風に夢中になって、
暖を得るために戦っている
物乞いたちの抱擁に包み込まれる。

私たちはいつか混ざりあう。
偶然、自分たちの肩を押す
銃弾を避けようと隠れているように。
理解すること無く
ほほ笑み、
そうして舞踏が始まって、
私たちは踊りのうちにこの世界を回す、
プラハとエディンバラでおびえながら、
パリで光と戯れつつ、
我を忘れメキシコで日に焼かれる
いつでも踊りながら
決して学んだことのない言語で歌いながら
互いが体に足を浸しあいながら。

「一体いつ私は体を変えたのだろう」と
私たちが不思議に思い始めたところで

私たちは分かれる。
体は二つに裂け、
一本道の分岐点で
破滅の恐怖が具象化し、
期待がはらむこの恐怖は
私たちが箪笥に閉じこもってしまった瞬間のため。
今、同じ破滅が私たちを焼き尽くす。
私たちは髪から遺灰をふるい落とし、
雪から足跡を消し
そして行ってしまう。
私はここ、君はここではないところで
私たちは決して生きはしなかった。
私たちは頭を振り向けず
私たちは死んで、行くだけだ。
私たちは行く
悪魔の祈りに。

フリストス・アルマンド・ゲゾス『実現しない恐怖』

# 扉

私はこの白い部屋で生まれた。
壁のクッション、
裸で身を横たえる私、
中央のベッド、
扉、
それ以外は空っぽの部屋。

この扉は……
壁に打ち込まれた巨大な歯
私はずっと見ている、忘却の立体の
口の中で失われた
私は、
屋根瓦に投げた虫歯。

私はずっと見ている。

時は存在せず、
ベッドの下にずっと隠れていることだろう
私を恐れているからだ。
愛撫は存在しない、
壁のおかしな塗装が隠してくれることだろう。

灯りも無い。
私が扉を見るための
私の目からの唯一の光。

私は見ている。

私の存在は張りつめ、共に曲がっている
一つの言葉に収まるように

私はずっと見ている。
だが何もない。

把手《とって》が動くこともない。

# 鳥の中の籠

鳥の中の籠
不安げに木材が鳴っている。

出たがっている、気が触れている、
天を泳ぐ
イルカたちに嫉妬している、
どうやって雲を裂こうか。
落ちて
頭でアスファルトに飛散しようと祈っている。

# 破れた翼

私は自分自身に
破れた翼を送った
肉の箱の中には、
我が死のための贈り物。

私は血と骨を綺麗にし
汗と涙で
磨き上げ、
固定するため糸を通した。

忍耐は、
今はただ時だけを欲する
あたかもかつては
背中に釘でもあったかのように。

国家文学賞　詩賞　二〇一四年

# パノス・キパリッシス

Πάνος Κυπαρίσσης

## 『宝もの』

*Τα τιμαλφή*

メラニ出版、アテネ、2013 年

（13、25、29、37、60 頁）

# パノス・キパリッシス

一九四五年にヨアニナのオクシアに生まれる。アテネ大学で数学と文献学を、カロロス・クーンの芸術座の演劇学科で演劇を専攻した。演劇、テレビ、映画などで主役や脚本家を務め、一方で十年間ほど中等教育において数学と文献学の教鞭を執った。またヴェアキ演劇学校、現代ギリシア・アルメニス演劇学科、そしてディロスーディミトラ・ハトゥピ演劇学科でも教鞭を執った。ドキュメンタリーを作成したことで国営放送局と、「ビザンツ人・カヴァフィス」という映画を作成したことでデルフィ・ヨーロッパ文化センターとも協働した。エッセイを書いたり翻訳を行ったりしているが、彼の作品も英語やフランス語、ドイツ語やスペイン語、イタリア語やブルガリア語、そしてチェコ語に翻訳されている。詩集『宝もの』で賞を受けた（国家文学賞、詩賞、二〇一四年）。彫刻や絵画にも携わっており、個展や集団展示会で作品を発表している。

作品一覧　詩　『他の写真』　ロプトロン、一九九〇年
『宝もの』　メラニ、二〇一三年
『闇を盗みながら』　ガヴリイリディス、二〇一七年　等

# 門一

Γ

突然鏡から来たかのような
思いがけない、見知らぬ、傷つきやすい、
かつて敗北した私たちの顔。

時は略奪し、
神話はふしだらだ
キルケたち、高名なセイレーンたち
存在しないイタケ島

太陽の島、大地、
傷と火傷
綺麗なガーゼ
火のついた意図

遠くの船
耐久力を試す演習
傍ではただ死のみが審判だ。

墓石の白
腸の中の黄金の鍵

# 門　二

IE

月は低い

薄明りの墓上
死者は
ひび割れた指を上に置くために
突如土まで身を屈める

## 中庭　一

A

君は帰還と共に震えている
自分の庭から
天上の欠片から何が残っているのか
どれほどの星が欠けているのかを
見るたびにいつも。

どこが終わりなんだ?
舞踏はどのような名前を有しているのだろう?
如何なる死を、如何なる恩寵を?

君の記憶という喜びは消え去った
生の昔の学校
君の心の黒い古傷と
開かれた時の門が
君を待っている。

君の魂は輝いている、ジャスミンが
夜半
君を捕らえるため
明るい舌を投げおろす。

我が手つかずの死者たちが祝う間も
おずおずと朧げなものが君を呼ぶ
私のまどろみの夜中。

# 中庭　二

Θ

記憶が君に翼を開く
魂の微小な風が吹くと
君が沈黙の暗黒の門から帰って来て
また暖かいシーツと
息を与えて君に肉体を授ける
この単音節の言葉を分かち合えるように

青褪めた目と歯の間の太陽の星を
伴って君が降りてくる間
天の奥底で
牢は嫉妬に狂うことだろう。

# 沈黙

B

乾いた草
あの木だけが
囲いの無い緑だ。

どうやって小舟はここまで来たのだろうか？
どうやって動物のように割れたあばらで楔を
打ったのだろうか？

赤い壁高くに
開いた腸を書きながら
日が昇る。

道はどこから来るのだろう？
どこに向かうのか？

全ては光に
白いハンカチに傾いていく

国家文学賞　新人賞　二〇一四年

# エレフテリア・キリツィ

Ελευθερία Κυρίτση

# 『手書きの街』

*Χειρόγραφη πόλη*

マンドラゴラス出版、アテネ、2013年

（18、20、27、38、43頁）

## エレフテリア・キリツィ

テッサリアのパラマに生まれる。テッサロニキ大学で心理学を専攻し、続けて同大学修士課程においてスクール・カウンセラーと発達心理学を学んだ。それから、トラキ大学の教育学科を卒業した。アテネで生活し、中等教育において心理カウンセラーとして働いている。彼女の詩は文学雑誌において発表され、スペイン語、ドイツ語、英語、ウクライナ語に翻訳されている。『手書きの街』で賞を受け（国家文学賞、新人賞、二〇一四年）、本作で作家協会のヤニス・ヴァルヴェリス賞にノミネートされた。

作品一覧　詩　『手書きの街』　マンドラゴラス、二〇一三年

# フーガ

後で、私はあなたの腕に
かかった海岸をはずす
砂浜の腕章
私たちは桜
五月の接吻
炎の会合
愛の聖書台を生き
あらゆる奇跡を解き明かし
街道を歩き回り
悲しげに、喜ばしげに、
子供たちのハーモニカのように戯れ
灯りをつけたままにした
光の頸動脈
私たちは胸から氷河が出る時に

秋が葉を落とすのを
混沌が混沌に支配されるのを見て
不安を分かち合い
バルコニーに上って
遅くまで夕餉をとった。

# ミリオフィトとマタラの*

家に帰った時
日は欠けていた
明日の分母
私はスイッチを押した
部屋は金属の雲で満たされた
私はカーテンの後ろに恐怖を見ることはなかった
　はずだ
家具の下に闇を引き込むこと
荒廃の絨毯で
箪笥の中には服の端に沈黙の葡萄
私には恐怖も
数秒の喧騒も必要ではなかった

光の一口分が
部屋のイメージを単純にする
あなたが私に残したばかりの
靴と一緒に私がいたのを自分の目で
見るのに十分なように

＊　ミリオフィト（*Μυριόφυτο*）もマタラ（*Μάταλα*）も
ギリシアに見られる地名である。

# 野外のバルコニー

我が年月の住まう街が
天を切符として分かち合い
断崖を寝台として分かち合う
百番目の誕生は
痙攣が崇拝しているもので
地獄に落ちた者の口ぶりでこれを語っていた。

おお！　かの百番目の中で如何に地震は作られる
　のだろうか
（感情の小枝）。
大きな旅行鞄と
短編とともに
冬の死すべき者たちが如何にこれを運ぶのだろうか
列車の騎手たちは他に何を保ち

どこから来て、
私の街を予言して
これを実現し、
そして私のシーツに刺繍を施している。

私の街では時間が待ち伏せている。
存在の特質は虚無の
一斉射撃の中で遅延し
地の高きから
蟻のように進軍する。

神々に関しては
私たちの祈りを妨げず
口の利けない肉体は氷ついた日々を
食すことを知っている。

# 波止場の傘で

夜明けに指が
這って進むびしょ濡れの黄昏を引き留めている
あなたの声は土砂降りの雨

雨は即興で雲を描いた
(天はあなたを裁きはしないだろう)
物質の確実性を修復した
(星々は色とりどりの福音)
おいで。他の日を建て上げましょう
(悲劇でも調教でもなく)
未熟なダリアの上を流れる
水面の如く走り去る時間

私は叫ぶ

光を黙らせなさい
乳児が万象たる肉体を取る

(雨が喝采し
夜明けの刃が
朝の手の中に輝いている)

# クラコフはまだ遠い

尽きることの無い何かを殺めた後
私は誕生にまで到達した
（荒波の中で目には見えないものが、
私が解いたのだった、運命の港の後を出立し）
私はここから死に答える
死を崇拝しているのだ

またあなたを見に来よう
雨の降らず乾燥することも無い
砂浜に反射する最後を

国家文学賞　詩賞　二〇一五年

# ゼフィ・ダラキ

Ζέφη Δαράκη

# 『爆竹の洞窟』

*Η σπηλιά με τα βεγγαλικά*

ネフェリ出版、アテネ、2014年

（18、19、45、46、59頁）

## ゼフィ・ダラキ

一九三九年にアテネに生まれる。一九五九年から一九六四年までK・ドクシアディス家政学科で事務員として働き、続けて一九六四年から一九六七年までアテネ市図書館で働き、独裁政権によって解任されてからはまた一九七四年から一九八四年まで図書館司書として働いた。彼女の詩は英語とブルガリア語に翻訳されている。詩集『爆竹の洞窟』（国家文学賞、詩賞、二〇一五年、そしてコスタス・ウラニスとエレニ・ウラニ財団賞、二〇一五年、作家協会のディド・ソティリウ賞）、そして『失われた詩』で賞（詩人サークルのBarba Fields-Siotis 賞）を受賞した。

作品一覧　詩　『夜中の狼』　ケドロス、一九七八年
『合鍵の無い肉体』　ネフェリ、二〇〇〇年
『爆竹の洞窟』　ネフェリ、二〇一四年
『失われた詩』　ネフェリ、二〇一八年　等

# 恐怖が私をほどく　一

私に叫びかけ
全ての距離が涙に濡れている。
あなたのいることが話題になっている。

……
私は追い払われていた
蛍光の貪欲な光が
後に続く説明を求めていた
深みの聞き手によって
それはふりなどではなく、
　私は表現できないものの中に耽溺していった。
私の肉体は、私から私の口を空っぽにして
　言葉から出てきていた

私が子供であるかのように
夢が私の手を取って導き
後ろを振り向くようにとささやいていた。
いずれにせよ、時間は涙に濡れて

# 恐怖が私をほどく　二

…

私は夜を明かしたかった
　高名な川の橋を
訪れるために。
昔から私は多くの詩で
　夜を明かしたがった
聖書台から逃げ出すために。

最後には、霧の神話を全て生きよう。
沈黙が帯を解く
場所を立ち去りたかった
　沈黙が最後に心をこめて
自身に身を委ねる。

# 風が吹いていた　一

α′

今や壁の氷がゆっくりと移っていくように。
冷たい光が私の掌から出て
宙に浮かぶ記憶の額縁をかける。
無限の時間が、あの部屋が布を開けた
　時から過ぎ去っていった。
どこか可笑しな蜘蛛が巣を編み続けていた
後ろに皮相的な暗闇を引きながら。
私は妥協なく立ち、思い人の影を見ていた
私の顔に上って来た子供の手。

β′

葉は雨に掛かり
私の指の間に別の生を下ろしていた
あらゆる完結したものは
　失われていった言葉
庭の黒くなったテーブルの周りで
壊れた椅子の背の周りで

鳥の暗い刺繍の施された
古い振り子の周りで
思いだしたばかりの家族の晩餐の記憶
呼び鈴を鳴らしていた笑い声の周りで
　湯気立つ青い皿で
あの時は見つけがたかった人の、注がれた葡萄酒。

# 風が吹いていた　二

鏡は
時の頁をめくり
血に鍵をかけていた

実践の周りで
耳を聾するほどは響かぬように

ゆっくりと
古い染みになった
奇跡は奇跡

接吻がシーツで泣いていた時
平野の周りに奇跡という風が吹いていた

# ここには誰かいないのか？

…
詩とは何なのだろう、最後の詩の
　最初の頁の
詩——私の息づかい
　あなたはそこに身を隠す
あなたが裸体をさらしている
私の震えの言葉と
恥の言葉
そしてあなたは続けていく

握手が
ここから飛び出し
あそこから飛び出す

ただ三行の詩のみが
深い輝きに注がれた目で
顔を振り向ける
あなたがそれらに触れることのないように

ゼフィ・ダラキ『爆竹の洞窟』

国家文学賞　新人賞　二〇一五年

# マリア・フィリ

Μαρία Φίλη

## 『虫たちが手に入れた最も奇妙なもの』

*Το πιο παράξενο απόκτημα των εντόμων*

メラニ出版、アテネ、2014 年

（10－11、12－13、16、17、21 頁）

## マリア・フィリ

一九九三年にアテネに生まれる。芸術大学校の芸術理論科と歴史学科に通う。詩集『虫たちが手に入れた最も奇妙なもの』で賞を贈られた（国家文学賞、新人賞、二〇一五年）、また同書は作家協会のヤニス・ヴァルヴェリス賞にノミネートされた。

作品一覧　詩　『虫たちが手に入れた最も奇妙なもの』　メラニ、二〇一四年

# 接吻

私は、どこにだって入って来ようとする夏を柵越
　しに見ることはない。
娘たちの脇の下で息をする夏。
その熱帯の唇の上に貿易風が吹く時には
止まることなく行かせ、赤道に沿わせる。
平原の周りを動き、葡萄園の中で
豚小屋と港を閉ざす豹の背中で
太陽が、君がこれを終わりまで吸い切るように広
　がっている。
目隠しは全人類のこめかみをとらえるほどに
大きいのだが
大地から聖水が湧き出て、苦痛の後で万人が中毒
　と幸福になるのだから、気に病む必要は無い。

覆いと皮と共に全ての実は
九月が無くとも甘くなることだろう。
人は生まれる
母親たちが強く望んでいたからだ。
人は死ぬ
だが墓は人の魂がいつでも肥大化していく
プロクルステスの寝台*であることだろう。
川は硫黄を、井戸に炎を流し、
誰かが悪霊を引き付ける前に縄が燃え
黒い石をこの地のものにすることだろう。
私に憐れみを、
私は大気の中で小さな鳥が赤くなるのを目にし、
　その後で
魚のえらが海を呼吸することができるように彫り
中に閉じ込められて我を忘れた鳥は飛び立って
いくことだろう。
私に憐れみを、

マリア・フィリ『虫たちが手に入れた最も奇妙なもの』

何年も雀のように飛び上がっていた種は
最終的に私の生まれた日が望ましい大地だと見出し、
浅瀬に並ばされて中に閉じ込められ
その痛みに意味を見出すことのできない
万人の過渡的な新しい罪の
蜂起に耐える、強い枝を備えた木になった。

怖気づいているのか不信仰なのか、時の異なる
ものは永遠の永遠に留まって
かけられた半月、地上から一メートルだけ高い。
私に憐れみを、
女は魚に乳を飲ませ、私は神殿を崩し、
彼の意志が成った。

時は渇いて湯気が出て、私は柵越しに見ることはない。
私は太陽が雷の息子、嵐の愛する息子の肩の上に
昇るのを見て、高く天で書道に身を委ねていた
蒸気をその背が解放するのを見た。
水の中にいた。
諸事物の統一の上に見て取ったものを書いたのか、
　或いは救済のためなのか、
最高地点が南中した太陽の有する
あらゆる人間に敵対する位置だと言っていた
黄色の指をした預言者たちの、他のさらに
古い救済のためなのか。

イナゴ喰らいは安定した正午に
向かって指を開いていた。

人々は永遠の命に耐えようと神を待望していた。

誕生の瞬間に、大地と天の関連づけ。
統一の線に、深淵な水平線の貪欲に飲み込まれて

消えた船の
海と天の関連づけ。
「あなたは私たちをどこに行かせるのか、夜中、
どこへ？」という早口言葉の絶望

或いは私の輝きは、合流に反して燃え盛る希望が
灯芯から奪われるように燃え
増えていく。

蝋燭から蝋燭へ

先生、ごきげんよう、
私は接吻を受けた男です。

＊ プロクルステスはギリシア神話に登場する強盗であり、行きかう人に声をかけて自らの寝台に休ませていたが、その人が寝台よりも大きければはみ出た部分を切断し、その人が寝台よりも小さければ寝台の大きさまで引き伸ばすという拷問をしていた。最後は英雄テセウスによって自らがその寝台で頭と足を切り落とされた。

# 個の否定

羽毛の息づかいのする、鉄のように冷酷な大地
その上で
歩き回り
大気に拡がる酸い香りの理想をもたらして
高く上げた手から高く上げた手へとこれを移す
自分自身と共にこれをすする波まで

私も青ざめた
あなたは見ていないのか?
あなたは臭いを感じないのか?
私が青ざめ酸えているように、至る所で私に
合図をしなさい
私が自分の唯一の口だというわけではなく
私は充足した息
他の何か
そこ
奥地の松林で

私は充足した息
身体も
電気を浴びれば死んでしまい
冷酷な大地では冷酷な
虫の鏡
ぶつかり合う足と目に見えない頭で
満たされた列
たった一つの体に魂がどれほどひしめき合って
いることだろう!

私を切りなさい
私が感じられるように、私の腕を切りなさい
私が感じられるように、私の膝を切りなさい

耳と鼻と首を切りなさい
私が感じられるように、溢れ出られるように

振動、小さな振動と振動の小刻みな分割
少しすれば瞼一つ動かしはしないだろう。
私が舌にもたせかけたもの

つまらない
ムカデの群れは
幻覚を誘発し
味も無いはずで、
私は自分の中に繰り返し寄生している。
天

全大気、水、塩が
私の足元で裂ける。
このいつでもあべこべな人は
数えている
今では私に向かって。

私はこの空洞で自分の最後の存在という卵を温め、
凝縮の最後の段階で
私は全て琥珀なのだ
あたかも
蜂の群れが私に襲い掛かり
群れの全体は金の針で
私は針から針へと自我の否定になる。

# 五月

ニコスへ

あなたは季節に従順な燕の訪れ。
私のあなたへの期待が
世界の全てを砂浜にする
春の崩壊の、明るい黄金の流れ。

あなたが愛する何かを分かち合おうとする度に
私が海の全てを愛撫するまで、
私、あなたの小さなものは愛撫を受ける。

# 場所の無い風景

私の故郷の天では
人々は穀物を蒔く
私は時々帰って
アーモンドが二つ裂け、藺草に雌獅子二頭を解き
　放ち
私は目に入るものを食わせるままにしておく
二頭は雄に襲いかかる
帝国のヒロインだ
歯には頭をつけたままにし
たてがみはかかり、ほつれが悲しいほどに不味《まず》い。
訪れる静けさは破滅的で
雄叫びがまだ私の耳を探している
雌獅子は熱狂的に毛皮に合図する
打ち付けるサロメたち。
人々は穀物を蒔き散らすが
この場所がもう存在しないのだということに
気がついてはいなかった

過ぎ去った王国への帰還は、場所の無い風景。

私の湿った指に土が張り付いている
僅かな大地の穀物。新しい単調な風景で
確かに小さな動物の中にはここをいいと思うもの
　もいよう
二、三のものは私にとって好ましく、
私には、これらを紡ぎ合わせているのが
自分のようにも思える。
私の両の瞼の周りは水ぶくれ
逃げるのが好きな娘たちが中から見えてくると

マリア・フィイリ『虫たちが手に入れた最も奇妙なもの』

明確に月を狙っている——月が二つ、偶然の状況
　なのか
悪い予兆なのか——遠心力で引き合っている。

炎の指のように黄色くなると
その中を娘たちが通り過ぎていく
雌雄両性の獅子二頭のように。

# 単に私は

天の傾いたバルコニーから
太陽が一つもう一つの太陽の後に
私の持ち上がった鼻の頂上まで
胸と唇の頂上を転がすと
熱情は若さの産毛の中でただちに白くなった。

単に私はあなたのミーアキャットなのかもしれない
天から弦にピンと張られ、地平線で
アーモンドの目に結び付けられている
私が全ての太陽を尻尾で熱狂させてやろう。
もし荒地の高さがあなたには単調に見えるのなら
洞窟の埠頭があなたにはうら寂しく見えるのなら
あなたは、自分の最も愛する女をオアシスの中で
見つける
私を、あなたのオダリスク*を
傾いた東洋の長椅子に横たわらせる
フリル、孔雀、扇子の間に
あなたと楔を打たれた太陽、青銅の
燭台か金の燭台の間で、私が熱望するのは
黄金なのか、あなたなのか

私の傍で夜を握り続けなさい
かけがえのない灯りの光
若い熱情が瞬間から
光の瞬間へと生まれるだろう

＊　オスマン帝国のハレム女奴隷を指すが、近代ヨーロッパにおけるオリエンタリズムの高まりにより、煽情的な姿をした女性として好んで絵画に描かれ、一つのイメージとなった。

国家文学賞　詩賞　二〇一六年

# ディミトリス・アンゲリス

Δημήτρης Αγγελής

## 『鹿が私のベッドで涙を流している』

*Ένα ελάφι δακρύζει πάνω στο κρεβάτι του*

ポリス出版、アテネ、2015年

（2、5、13、22、25頁）

## ディミトリス・アンゲリス

一九七三年にアテネに生まれる。詩人でエッセイストであり、アテネ大学哲学部の博士であり、「フレアル」誌の責任編集者で年次刊行物「アンティヴォラ」の協働編集者である。詩集、エッセイ、研究書や短編を刊行していた。Carda財団の翻訳賞と詩集『記念日』で二〇〇九年度のアテネ・アカデミーのランブロス・ポルフィラス賞を、そして詩集『鹿が私のベッドで涙を流している』で二〇一六年度の国家文学賞の詩賞を一同時にソフィア・コロトゥルも受賞した。スペイン語で彼の書籍 *Aniversario* と *Si fuera tu noche* が出版されている。

作品一覧

詩　『神話の水』　フィロン、二〇〇三年
『夜を確かめて』　エフティニ、二〇一一年
『鹿が私のベッドで涙を流している』　ポリス、二〇一五年
『ほとんど本のような』　ポリス、二〇一七年

散文　『最後の夏』（短編）　エフティニ、二〇〇二年　等

## 2.

遅くまでカバーの外された鉄のベッド
　今一度愛に機会を与え
食卓のオレンジを照らす蝋燭と
　床で眠る子羊
パンを切るナイフと新聞に載った警察の報告
　聖遺物と極微の鳥の骨が
床に落ちる。
誰かが梯子を持って来れば我がトロイの騎士にも
なり得る
　ヒマワリと針金の檻
その時一晩中、フランスをかぐわすキュビスムの
兵士たちが
出ていくことになるだろう
そして一人が、予告なく情熱的に私の頬にキスを
してくる
　男の耳を切りに走ることだろう。

私が来たのが、君たちを救うためだったと知って
　いたかのように
さもしい日常に欠かせないものに光をあてようと
　していたかのように
ベッド
　ナイフ
　　檻
尚も大きな裏切りで
多くの蛍を伴う福音や、家の後ろの上り坂に
停められた、
　待ちながら、いつでも次の夏を待ちながら
泥道に錆びをしたたらせる、
赤いダットサンのように

アントニオ・シスネロス*の追憶に

＊　アントニオ・シスネロス（一九四二―二〇一二）は「六十年世代」に属するとされるペルーの詩人であり作家。

ディミトリス・アンゲリス『鹿が私のベッドで涙を流している』

## 5.

君たちのような服を着たいと探したが、その術が
　見つからなかった。

水曜日の晩、子供は音楽堂の前に着飾った
父がトラクターを着ていたからだ
労働者は、バスを着た妻が道のカーブで姿を
くらます前に
十一月を着飾った。
タクシー運転手は天に引き上げられる前に
労働者の煙草の煙を着飾った。
娘はベルを鳴らしながらクリスマスツリーを着
　飾っていたが、誰も気に留めはしなかった。
木は、吊るされた五人とスコップをもった
アンティゴネ*を着飾った

女は着飾っては脱ぎ、また着飾った後で自分の名
　前はマリアではないと告白した
逃れ場から出た狂人は斧を取って死亡通知書を
着飾った
犬が素っ裸で私たちの前を横切った
人は犬のいない空っぽの部屋を着飾って、
私は家に帰っても君を着飾ることができない。
君が栄光をたたえるべきものはもう何も
残っていない。

＊　ギリシア神話並びに古代ギリシア悲劇のオイディプス王の娘であり、テーバイの王女。

## 13.

私たちは皆自分の中に昇天を隠している
気球、火器、火炎信号管で
燕の訪れ、ケンタウロス、アコーディオンで
私自身のは灰のように青い人間を含み
二重の生まれ、胸に羊を抱いている
シルクハットをかぶって
あの羊は緑豊かな場所に行く——恐怖を抱いている
私のために

# 22.

私の両目をまた脅しながらついばもうとしている。
かくも重要だ。

友人たちは落葉し、大気は
その手に黄色のユダを謙遜に置きざりにしている。
媼《おうな》が一人髪からもみ殻をほどく
あなたのわずかなものが夜になる時に。この森の
　故に二重に鍵をかける
彼らが出ていくことのないように。

だがどこに行くのだろう？　周りには雪。
怒り狂った北風、
ユダ、媼の魔女が待ち伏せている

そして昨日、私は眠りの中で木と語り
そして昨日、私は眠りの中で泥だらけの鳩を
二羽洗う

## 25.

君の目の湿地帯の水面で
青銅の柘榴が芽吹く。
ひび割れた果実の中で私たちの日常の瞬間が
小さな炎をつけたり消したりしている。
ゴモラからサーカスがやって来て
そこでは獅子と熊が乱暴に人を支配している。
タタール人の巡業。
有名な歌手ローラ・フロレスは舞台と（独裁政権
　の時代）
父の不確かな飛行船にいた。
満天の星空のもと、針金に吊るされた
強盗たちの切られた頭が赤く輝いている
毎晩正確に三分間、五時に
不潔で酩酊した小舟「ブレ・ロトス」*が写真と
記念品を置く。
今私が覚えているのは
自分もかつて乗客の中にいたということであり、
君の水面に自分の生を無にしたということだった。

* 同名の船が実在するかは不明だが、「ブレ・ロトス」は、戦間期の政治情勢を反映しつつ日本や中国を舞台にした国際麻薬密輸団や日本軍との戦いを描いたバンド・デシネ「タンタンの冒険シリーズ」の第五作目である『青い蓮』（Le Lotus bleu）に由来し、特に「青い蓮」は作中上海租界に登場するアヘン窟の名前であると考えられる。

国家文学賞　詩賞　二〇一六年

# ソフィア・コロトゥル

Σοφία Κολοτούρου

# 『第三世代』

*Η τρίτη γενιά*

ティポティィト出版、アテネ、2015年

（16－17－18、32－33、36－37、42－43、44－45頁）

## ソフィア・コロトゥル

一九七三年にアテネに生まれる。クレタ大学の医学部で学んだ。一九九八年に学位を取り、続けて五年間クレタのイラクリオ大学とアテネの聖サヴァスで細胞学を専攻した。散文と詩を書き、医学書の翻訳と注釈を行った。一般向けの講座を行う大学でギリシア文化と創作の講義を受講した。本人も苦しんでいる、難聴と特に中途失聴症における活動家としての行動も展開した。発話による難聴と聾唖へのアプローチに関する聴覚と運動の団体の会長でもある。詩集『第三世代』で賞を贈られた（国家文学賞、詩賞、二〇一六年、及びディミトリス・アンゲリスと共同受賞）。

作品一覧　詩　『時節の悪い詩』　ティポティト、二〇〇七年
『第三世代』　ティポティト、二〇一五年
散文　『なぁ、君は口がきけないのか？　聞こえないのか？』（散文）　KΨM、二〇一〇年
『聾唖の七つの顔』（物語）　Gutenberg、二〇一三年

# 世界街区の三部作

## 第一部

私はゲットーで大きくなった。私の名前は
ハーレムのT・Jだったか、ブロックのジェニー
だったか。
私の夢は有刺鉄線にまで達し、
私が逃れるや、誰でもショックを感じたことだろう。
　私はここに帰って来る、ここが私の軌道なのだ
　　——世界を変えるのは、私だけなのだろうか?
私はリオで、ファヴェーラで成長した。
名前はエンツォ、十三歳
私は薬漬けだが娘が二人いた
——だが、ギャングに食われる前の話だ。
　私はここにい続け、ここが私の境目だ
　　——私がこの世を定めることはない、
　　　私のうちの一人が。
私は貧困の中ウクライナで大きくなった。
私の名前はナスタジア、でも私は
逃げねばならぬという熱狂に圧迫され
——新しい所にいたいと思っていた。
　だが私はどこに行ったとしても、私のボタン
　ホールは同じもので、
　——私はどこで生きるとしても、世界に
　　窒息させられることだろう。

ソフィア・コロトゥル『第三世代』

私は恐怖の中で大きくなった。リベリアは
ずたずたに引き裂かれ、私には名前も無い。
ヨーロッパは私の夢、悪夢に
なった救済——耐えられない。

私はここでは人格もなく、誰かが私の名前を
していいる
——私が失われたとしても、世界が私を
寂しがることはないだろう。

# 第二部

皆の名前はヨルゴスかパノスか
デスピナかルーラ、マリアか

私はどこかのそんな街区で大きくなった
——私が平穏に過ごした所で、死ぬまで生きる
ことになるだろう。

私はここで働こう、ここが私の街区なのだ
——変えるつもりはない、単純なことだ。

私は中間街で育った。
ジミーかマリー、メフメットかアイシェ
——オマーンかインドでも同じ名前で
似たような場所で中産階級として生きている。

自分の順番を見分けた場所で
世界を選び出して愛そう。

## 第三部

私は極めて美しい郊外で大きくなった
洗礼名はフェドラかリトだった。
私に職を得させようと
私は巨大なキャンパスで勉学に出された。

　　私はここで楽しむことになる、子供たちと
　一緒に
　　　私が素敵だと思っている皆と

私はゲットーで大きくなった。私の名前は
アルフォンソ・ルイス、グリエルモ、ステファニー
富者のゲットー。私の夢の全ては
私が生まれる前に満たされていた。

私はここにい続けることだろう――他の人は
　私の軌道の中にいるのだ。
私は世界を変えることは無い。
統治しているのだ。

# Sweet Sixteen

二十二年後に再会した
パレオ・ファリロの第一、第四高校の
九十年度生の皆に

昨日私が門に近づいた時
その時私は四十歳ほどで
旧友のクラスメイトたちがやって来て
時は過ぎ去っていた、遠く――三十年。
皆、私が小さい時から知っている人だ
私はただちにまた教室、同じ学生机に
いつでも今日のように十六歳を
閉じようとしているかのようにいた。

私は彼らの顔に私の過ごした年月を見るも
彼らは私自身の顔からこれらを取り去っていく。
私たちは誕生と死を図った
クラスと私の順番が彼らの全てだ。
年月が私の指に落葉する、
私たちを変えたものは何もなかったかのように
私たちが建てた砂の塔――夢のように
今日、私たちは十六歳になるのだ。

今と記憶が一番古い恋の
あらゆる傷と混濁し、
出来事の濁流が飲み込んでいた
告白できないものと告白が
その形象が、実践の中で交互に起こる
光と影の像とともに半ば隠れている。

六歳から十六歳までの
私たちの最初の年月の湯気のような光。

ほら、私たちの十七歳は一日にして閉じ、
十八歳に飛び込んだ。
今は四十歳になって——さらにもっと——
だがいつでも私たちは十六歳なんだ。

# 大きな人、小さな人

私は、小さな人の詩を愛している
詩の共同体はこれを知っている。
私はセフェリス[*1]の練習帖を選ぶ、
――世紀の叙事詩のように不滅。
私はヴィヨン[*2]のバラードに酩酊する。

私はフィリラス[*3]の中で狂ったように
――梅毒の――思考を探す。
流れ星が私に天の平静をもたらしてくれる
ガツォス[*4]の歌に――遅い年月の――
広い海のカヴァディアス[*5]が。

五月はハルキダ[*6]で子孫たちの痕跡を
真昼にスカリバス[*7]を探索する。

夏はペンデリ[*8]の中で子孫が引き裂かれる時に
コジュラス[*9]の印を見出す――隠された時の暴力の。

他の人からは？　どこか少ないもの、おとなしい
　強勢《トーン》の――
戦間期のそよ風が吹く
右手でロゴスを耕しながら。
渦の中で、苦痛に沈み込んで
書き物の頁を血に染めた。

そして私は彼らの、ただかくも忍耐している
友人たちの詩行の中に、詩が私に
もたらしてくれる酩酊を探している。
私の小さき人たちは、現代人たちの中にいる
私は大きな人たちと言っているが――詩人たちの
　中に。

＊1　ヨルゴス・セフェリス（一九〇〇―一九七一）は一九六三年にノーベル・文学賞を受賞したギリシアの詩人であり、外交官。練習帖は一九四〇年に出版された彼の詩集であり、俳句の形式で書かれた詩が見られる。

2　フランソワ・ヴィヨン（一四三一？―一四六三？）は中世、或いは近世初期のフランスの詩人であり、無頼と放浪の生活の中で優れた詩を残した。

3　ロモス・フィリラス（一八八九―一九四二）はヨアニス・イコノモプロスのペンネームであり、『人形』と『ピエロ』という詩集を刊行し、他にジャーナリストとして活動した。

4　ニコス・ガツォス（一九一五―一九九二）は自動筆記で書かれたとされる傑作『アモルゴス』の作者として知られる詩人。

5　ニコス・カヴァディアス（一九一〇―一九七五）は満洲で生まれた詩人であり、船乗りであった。『マラブ』や『もや』などの詩集を残した。

6　ギリシア本土南西部に位置するエヴィア島の都市であり、古代より知られた街である。文語ではハルキスとも呼ばれる。

7　ヤニス・スカリバス（一八九九―一九八四）はハルキダ（ハルキス）で生きた詩人であり、作家。『ウラルム』や『自分自身』という詩集や『ハルキダでの盲目の一週間』等の作品で知られている。

8　アテネ近郊に位置する山であり、古来大理石の産地として高名である。

9　ヨルゴス・コジュラス（一九〇九―一九五六）は詩と散文、また劇作と批評に携わったギリシアの文人であり、特に第二次世界大戦時にギリシアがナチス・ドイツに占拠された際のレジタンス運動で重要な働きをした。

# 影の劇場

エヴゲニオス・スパタリス*の記憶

聞いてほしい、風が私に子供たち皆の
話をささやいた。
カーテン、舞台装置が設置され——
一日の終わりの上演。

スパタリスが他の所に行こうとして
階段からいきなり姿を見せた。
脳の驚きの中で
彼の姿が合図を送っていたのを見ていた。
カラギオジスはこう言った。
「……エヴゲニオス、行こう、カーテンを通って、
君の席はここだ、何年も、そうじゃなかったか？
ここ、私たちの間に君は君臨しているじゃないか
怖がるな。私が君の手を握っている、
君と一緒に幕まで、神秘的に
私が勝ち誇ったように君を支えてあげよう
挨拶するまで君と腕を組んでおいてあげよう……」

エヴゲニオスさんは通り過ぎて行く
——おそらく初めて——戦うことなく
死者たちがもう生きることのないところで
伝説になるところで。

カラギオジス演者が立ち去ると
私は吐き気をもってカラギオジスを量る
私の周りで、隠された宝のかわりに
ゴロツキと詐欺師と神のふりをしている者たちを。

本人たちは私の上から作品を置き
私は震えながらずっと舞台を見ている。
今や真実な人は存在せず
私たちは――彼らの観客――風に逆らって進む。

最後に、震えをもって私は確認する
言葉で遊び、白い紙の
舞台道具の中に私は身を隠す
そして文字の影で私は設営する。

ただ私の作品という劇団を。

＊　エヴゲニオス・スパタリス（一九二四―二〇〇九）はギリシアにおける影絵芝居の演じ手として高名であり、トルコやギリシア等で見られる影絵芝居のカラギオジス（その由来となったトルコ語ではカラギョズ）の重要な演者であった。

# 耳の聞こえない小さな女の子のための嘆願

母があの子に「どうして他の子供たち
みたいに遊びに行かないの」と言う時は
「退屈だから……」とあの子は静かに答え
そして母は可笑しな方法で
あの子を行かせてやったのだった。

ニコス・ハゲル＝ブフィディス
小さな背中のこぶのための神への懇願

あの子は、休憩中もいつも一人。手には
本をもち、友達付き合いをするには幼いようだ。
先生が学校で言っているのはいつも
「どうして他の子供たちみたいに遊ばないの？」

教室の女子グループというやつは
既に出来上がっていて、皆が冷酷だ。
文通のための封筒と美しくピカピカ光る
ステッカーを集めている。

だが誰もあの子には価値を見出さない。
初めての学生机――隣は少年だ。
カティア、タリア、ニコレッタ、マリアは
あの子とは話さない、リーダー格のミナも。

男の子たちとサッカーとバスケットボールをして
いる。
もっと簡単なのだ――たくさん話さなくていいから。
一定の規則があって、境界があり
更にあの子は――彼女たちの中では――背が高い
のだ。

ある時ニコレッタとマリアが突然
興味深そうにあの子に近づいてきた。
耳に何があるのか見ようとじっと見ながら
言葉、正書法について尋ねているふりをして。

後であの子は、一晩中泣く。
だが外の世間は無関心で、遠い。
「詩を書いたんだ、読んで」と私に言い、
声には奇妙なニュアンスがあった。

私は今、あの子を昔の写真で見ている。
あらゆる温かみをこめてまた彼女に語りかける。
八歳の子供、名前はソフィア。
分かっている。三十年前の私だ。

国家文学賞　新人賞　二〇一六年

# フリストス・コルチダス

Χρήστος Κολτσίδας

## 『山』

*Τα ορεινά*

メラニ出版、アテネ、2015 年

（9、12、24、28、29 頁）

## フリストス・コルチダス

一九九一年にカルディッツァに生まれた。テッサロニキ大学の哲学部と教育学部で学んだ。テッサロニキで博士論文を執筆している。第四回若手文学祭（第十四回ΔΕΒΘ、二〇一七年）や第六回と第七回の全テッサロニキ詩祭に参加した（ラリサ、二〇一八年と二〇一九年）。彼の詩は *Dichtung mit Biss. Griechische Lyrik aus dem 21. Jahrhundert*（トルステン・イスラエル翻訳、マリア・トパリ編纂。ベルリン、ロミオシ二出版）にも収録され、また『35 under 35: 三十五歳以下の三十五人の詩人が詩を読む』（アテネ：文化省文化部、二〇一八年）にも収録されている。また彼の詩は「ポルフィラス」、「エネケン」、「アントロピノ」、「トラカ」、「フレアル」そして「Poetix」などの雑誌に掲載されている。

作品一覧　詩　『山』　メラニ、二〇一五年
『過ぎ去った雨』　メラニ、二〇二〇年

# 景色の境界を定める

端から端へ、君には動く余地がある。
ここには動き、誕生と死がある。
川の黒い布で石の擦れる音

晩に山まで出るとして
――クラリネットとラウート、[*] 助け手への恐れを
もって――
泡立つ赤い口をした動物がやって来る

美しい場所
流れの場所
狩りの場所
養蜂家たちの場所

* 十五世紀から十七世紀にかけて欧州において演奏された弦楽器。

フリストス・コルチダス『山』

# 歌

私は喜んでいる。
沈黙の黒い枕の中に
私は身を広げる
柔らかな支えとしてゆったりした踊り
小さな木と新鮮な花が私にはある
春の微笑み
老人の枕。
君も笑い、すすり泣き
君の骨の中に植えられた歌がある
風が吹き、
君の指先はきしむ。

## エヴァンゲリアの死

老婆が行き、木を伐り、窓を見る。
太陽と木々の影が窓ガラスに反射し、
写真を撮っているかのようにほほ笑んでいる

今老婆の髪は孫を震わせて、
微睡みは震えたまま、
　骨を凍らせる
恐怖は――考えている――うわごとと
雪で時間が始まるという瞬間的な記憶の
中にあるいは瞬間的な理解の中にある。

今や動かない目で
腐った柵を見て
その部屋を指し示す山

　小さな教会と森が後ろにあるだけの
彼女の古い家は終わる
仕事も生も
――知があろうとなかろうと――終わる

## 帰還

音の存在しない場所から
色の冷酷さを通ってやって来た。
羊飼いの外套を身に着け
水の音
窓の滴と髭の汗をつかむ。
美しい微笑みの中に巣篭る。
頭の中に空洞の木材と
月光を運びこむ。
蛙の跳躍を枕として置き
決して眠ることはない。
先の尖った山羊の角を
柵として頭に架ける。

曰く

言葉が水を支配し
犬は息をする時に霧に寄与し
目は水たまりで星になる。

# 牧者の多幸感

友人であり音楽的読者であり続けている
ヴァンゲリス・ブリアナスへ

——夜はそう落ちるのか
——そう落ちるのだ。

左には木の乗り物
腐敗している。
踏みつぶされたもみ殻と闇。

牧草地で
新緑の上に実をならせた
動物の眠りのための木の窪み。
牧者は松の下に近づいていく。

命に溢れる動物がその周りに集まって来る。
ゆっくりと足を引きずるように進み
呼び鈴が沈黙の
到来を告げる

国家文学賞　詩賞　二〇一七年

# フロイ・クチュベリ

Χλόη Κουτσουμπέλη

## 『異なる大地で同じ卓につく人々』

*Οι ομοτράπεζοι της άλλης γης*

ガヴリイリディス出版、アテネ、2016 年

（12、16、25、39、49 頁）

## フロイ・クチュベリ

一九六二年にテッサロニキに生まれる。テッサロニキ大学法学部に学び、十八年間経理係として働いた。「パラティリティス」、「レヴマタ」、「エンデフクティリオ」、「ネア・ポリア」、「パロドス」、「エンヴォリモン」、「プラノディオン」、「マンドラゴラス」、「ククチ」、「エネケン」（ここでは文学部門の責任者も務めた）、「ディオドス」、「ネア・エフティニ」といった文学雑誌で協働し、また「e-poema」、「poeticanet」、「diastixo」、「poiein」、「thraca」、「Bibliotheque」といった電子雑誌でも協働した。詩集『異なる大地で同じ卓につく人々』（ガヴリイリディス出版、アテネ、二〇一六年）で賞を受けた。彼女の詩は英語、イタリア語、ブルガリア語、ドイツ語、そしてフランス語に翻訳されている。

作品一覧

詩
『湖、庭と陥落』　ネア・ポリア、二〇〇六年
『異なる大地で同じ卓につく人々』　ガヴリイリディス、二〇一六年
『デスペレ通りの標識』　ポリス、二〇一八年

散文
『聖なる容器』（短編）　ティネス、二〇一五年
『クラインさんの助手』　メラニ、二〇一七年　等

# 娘たち

愛くるしい少女たちだった。
白い服を纏い、顔は黄土色だった。
沈んで、ますます沈んでいた。
水面には空っぽの靴一足が
靴紐と共に微笑み続けようとしている。
君を撫でてあげられたら、と兵営にいた時の
ように一人が言った。
君をぶつことができれば、とかの爆撃の中に
いた時のように他の一人が言った。
君を抱きしめられれば、とあの時大気の中に
いたように三人目が言った。
君たちの掌を私に見せなさい、と
リボンを結んだ男が一人
救命ボートの上で命令した。

娘たちは媚態をもって裾を持ち上げながら
喜ばし気に衣擦れの音を立てた。
ほら、見てください、腕が無くとも私たちは
どれほど
綺麗に泳げることでしょうかと叫んだ。

# マラソン選手

七日間昼も夜も
どんな小さな海でも
塩で死ぬことになるまで
サハラからヨルダンまで
「赤い砂漠」からタクラマカンまで
アタカマからタールまで
最も荒れたところまで世界の荒れ地を私は走る
君はそこで私を否んだ、
私は走る
偶然女友達が一人君のことを話した
昨日まで、
老人が
縦縞の安楽椅子で
どこかのヴェネツィアに
身を沈める
明日まで、
私は走る
君の目の中で羽ばたく
黄色い鳥を私が忘れるようになるまで
私は走る
もう君のために痛むことのない時まで。

# 硝子の家

硝子の家で生きる彼らは
壮麗な墓で死ぬ。
掛けられた人の家には
いつでも豊かな縄がある。
君が三日間ふるいにかけるなら
ずっとカビの生えたパンを食べることになる。
兄弟は掘ったばかりの土にビールを撒き
煙草の箱を置く
ひょっとすると父がまた隠れて
もう今では全く気にはならないのだが
煙草を吸いたがっているのかもしれない。
最終的に、父には二つの生がある
自分自身のものと私たちのものだということを
受け入れたが
ただ、私たち自身の生は出張の中で失われ
見知らぬ少女が棺の上で泣いている
巨大な爪で不眠の夜が
硝子の表面を裂く
私たちはザキントスに行って、父は新しい妻に
約束する
手術のため担架に父を乗せ
親類たちが孫だと思っていた人々に後で
別れを告げるのを忘れる時に。
硝子の家で生きる彼らは
よく準備をされた日曜日の食卓を持たず
塩も全く無く過ごし
バターに関しては、傷口の上で溶けるのみ
硝子の家で生きる彼らは
おずおずと灰皿を空にして
慰めの濃いコーヒーを持ってきてくれることだろう
涙の謙遜なコーヒーカップに入れて。

# 新しい世界の古い船

後ろへと航行してばかりのあの古い船で私たちは待ち伏せをくらい、やっとの思いで私たちが新しい大地に達した時、かすかな大気が私たちの糊の効いたドレスを持ち上げて、ここはどういう場所なんだろう、とアデライダが尋ね、エリサヴェトは記憶なく衣擦れの音をさせ、ひょっとして傘をご所望ですか、とメリー・スミスはささやき、誰かが小さなハンスを誘拐したので、その後すぐ全てが終わって、あなたたちは彼がパン屋が酵母から捏ねて作ったものだということは知っているはずなのだが、私たちは皆、自分たちの純情さが蝶の翼か海の馬のようなのだということを知っていて、船乗りの一人がそれは愛だと言い、他の船乗りはそうではないと言ったのだが、単に私たちは別な世紀に入るだけのことだ。

# ニコルソンさん夫妻のナイトテーブル

一八二八年の春
私たちは家を修理しようと心に決めた。
私は青いペンキの入ったバケツを持って
夜が更けるまでハケで日がな塗りたくる。
あなたは天を作り
作られた星と入れ替えていた。
私たちは最後に三人の子と
裂けた鼻をした
木の人形を作った。
靴底を修繕しながら
「あの時は厳しい時だった」とあなたは言う。
「あの人たちはあの時結婚した」とあなたは息を
吐いて
自分の杖の下を打つ。
抗う力のある木材は長持ちし、
人々は寝台と右に左にと彫られた
ナイトテーブルと共に
腐敗する。
あなたが私を愛してくれるようにと糊の処理を
しておいた。
一世紀が過ぎ、
私があなたの前で服を脱いでも
私を見てもくれやしない。

フロイ・クチュベリ『異なる大地で同じ卓につく人々』

国家文学賞　詩賞　二〇一七年

# スタマティス・ポレナキス

Σταμάτης Πολενάκης

# 『メルセデスの薔薇』

*Τα τριαντάφυλλα της Μερσέδες*

ミクリ・アルクトス出版、アテネ、2016 年

(6－11、40－43 頁)

## スタマティス・ポレナキス

一九七〇年にアテネに生まれる。アテネで映画芸術を専攻し、マドリード・コンプルテンセ大学でスペイン文化学科の授業を聴講した。詩集『メルセデスの薔薇』で賞を受けた（国家文学賞、詩賞、二〇一七年）。彼の詩と劇作品は英語、フランス語、スペイン語、イタリア語、ドイツ語、カタルーニャ語、そしてルーマニア語に翻訳されている。

作品一覧　　詩

『時代の手』　オンヴロス、二〇〇二年

『ノートル・ダム』　オドス・パノス、二〇〇八年

『メルセデスの薔薇』　ミクリ・アルクトス、二〇一六年　等

# I. メルセデスの薔薇

グラナダよ、さらば、マラガよ、さらば、
ハエンよ、さらば
私たちの後ろで街々が落ち、街々は次々に
落ちていく
私は答えの無いあらゆる問いを捨てさろう
戦争に取られて眠りにつかされた
Guardia Civil*の
善良で年老いた民兵が
私たちとともに葡萄酒を飲んで腸詰を食べるが
私はハラマとテルエルの
戦場にいて
銃を撃つ輝きのもとで
敵の機関銃がバババっとなるもとで
私はエヴロス川を渡り

私は世界革命を信じ
誰も読むことのない
詩を水に書きつけて
私はリンカーン旅団の最後の生き残り
いつか天と遠くをさまよう
惑星に向けて撃った
拳銃を手放すことは受け入れず
ハラマとテルエルの
古戦場に帰還することを
　受け入れない
というのも傘を失くしたのに、雨がまだ
滝のようにスペインで降っているからであり
というのもある日ニューヨークの地下で
私自身の目で
貧しい行商人が自分の商品を地面に投げ捨てて
突如電車の線路に飛び込んだのを目にしたからで
あり

往来はすぐに途絶えて
駅は空っぽになり
それ以来決して私たちの
ところにチャップリンの
映画の美しい盲人の花売りの女性も
ぼろをまとった、オリヴァー・ツイストと
呼ばれていた子供も
偉大なジョーカーであるエンリコ・ラステリも
現れなくなったのだが
私たち皆が静脈を開いて
世界がかつてまさに予見したように
赤くなる日が近づいてきて
ジプシーのメルセデス、あの美しいアンダルシア
　のメルセデスは
自分の恩寵の他に我が身をきれいなまま
意味の分からないものを炎に通す術を
知っていたのだが、彼女にとっては

意味のわからないものは何もなく、
それである夜に
麻薬に冒された平原全体を
引き裂くのを躊躇しなかったのであり
ただ単に自分の村の向かいに
渡るため、それから
麻薬に冒された平原を
またはじめから引き裂きながら勝ち誇ったように
帰還して、煙草とハムをもって
私たちにその短い全体をもたらす。
彼女の村の高名なハム
彼女の村の中でも私はまだ彼女を覚えていて
はばたくメルセデスをいつまでも忘れる
ことはないが
口に薔薇を入れ、落ち着いて
恐怖の麻薬の平原を私たちがどのように引き裂く
　べきなのかを示すに及び

また戦争の前には踊り子がいたことを
　私は考えて
踊り子はグラナダだけでなく
パリでも皆を魅了して
私はダマスコにいた時も
彼女にぞっこんになってしまい、そうして
彼女は皆がそうであるようには
この世界に属してはいないのであり
そうやって私の努力は
無駄になる以外にはしようのないものであり
自分の恋はあらゆる恋のように
無駄になる
私はあなたたちにこのことを忘れないでもらいたい
この理由全ての故に私は
自分の拳銃を手放すつもりはなく
私はハラマとテルエルの
古戦場に帰還する

つもりはない
私はある日そこから
最終的には死をもたらすようなものではない
胸元の大きな傷と共に出発したのだが、私はこれを
我が生涯全体に、永遠に
持っておこうと思う
というのも私も何千の難民たちと共に
ピレネーを踏破したのであり、私が
絶望した敗北の大衆と共に
ピレネーを踏破したからである
そして私はいつまでも
盲人と不具者を
そして私と共に愛想の悪い暗黒の山を
踏破した死にかかっている人々を
忘れることはないだろう
小さな子供たちがすすり泣いていたように
多くの人々がすすり泣いていて

閉ざされた国境を越えられた人々も
ほとんどいなかったのだが、
国境のどの側からも開いた抱擁をもって
私たちに約束してくれる人は誰もいなかった
ハラマとテルエルの
戦場にいた私たちに
胸元に大きな傷を
継承した私たちに
これを永遠に
背負って行くことになる
私たちに誰も約束してはくれなかった
悲しみをもって、空っぽの網を
集めていた無垢なガリラヤの貧しい
漁師であった私たちには誰も決して、そして誰も
私たちをどこにも受け入れてはくれなかった。
結果多くの人々が
絶望の中で

音を立てることなく死ぬまで
荒野のど真ん中に横たわることになり
そして他にもPort Bouの
青い波を通して
セイレーンの粗い歌を聞いた人たちは
むしろ自殺することで我が身を救うことを好み
スペインでいつでも降っているように
滝のような雨が降っていて
国境の他の場所からも
また雨が降っていた、というのも
天国からいつでも恐ろしい
嵐を吸っていたのだが、これらの
全ては何年も前に起きたことであり、
裏切られた名誉ある戦いのヴェテランとして
負けることはありえなかったのに
伝説のリンカーン旅団の
生き残りとして

敗北してしまったヴェテランとして
自分の新しい生涯に慣れるまで
何世紀も過ごしたからであり
私は今再び生に向かうものを
出さねばならなかった
そうして私は多くの汚い仕事に手を染めることを
　余儀なくされ
ボクシングの試合に出場するところにまで達した
私はその試合からひび割れた肋骨と
多くの欠けた歯と共に出立することになったのだが、
　少なくとも
最終的に私はこれらを食い切るまで
腰を下ろさなかったことに満足していたのだが
反対に拳一発で伝説のボクサーのヴィンセント・
　ルカスという
ヘビー級の中のヘビー級の若者を
ノック・アウトしてしまい、私はボクシングに
ついてはほとんど
何の考えもなかったのだが、おそらく間違って
空っぽの袋のように恐ろしい対戦相手を拳一発で
打ち倒すことに成功したのだが、もちろんあの男は
このことを私に決して赦しはせず、
私に耳元で
ある日私を見つけ出して八つ裂きにして
鋸で私の足を切ってやるとささやいた
もし私がみつかってしまっていたら
この脅しは実現してしまっていたことだろう
というのも、後に私が知ったように、伝説の
ボクサーのヴィンセント・ルカスという
ヘビー級の中のヘビー級の若者はニューヨークの
マフィアのボスだったのだ
恐ろしいサルバトーレ・バビノと
ラッキー・ルチアーノの甥であるリーダー格の
若者であったが

今日運命の奇妙ないたずらから
ボクサーと私が
老人たちの同じ避難所に
寄宿しているのだ
というあらゆることの中で
最大の冗談を幸運なことに私に明らかにはせず
私は彼を見るや
彼がかつての我が恐ろしい対戦相手だ
ということをすぐに見て取り
それ以来何年も過ぎてしまったが
彼は幸いなことに私のことを
私たち二人のことを全く覚えておらず
というのもそうでなければ
血が流されることになったはずなのだが、彼は
かつて若い時は高名な
ヴィンセント・ルカスというヘビー級の中の
ヘビー級の若者で

ニューヨークのマフィアのボスの
恐ろしいサルバトーレ・バビノの
そしてラッキー・ルチアーノの甥の
ボクシング巧者の若者だった
ということさえ覚えておらず
この哀れな男は何も覚えておらず
誰に対しても拳を振るうことは無く
ただ食事の時に
食堂で泣き続けるだけで
朝も晩も
入れ歯を水に入れている

＊　グアルディア・シビルはスペイン語圏における国家憲兵組織の名称。

## II. 夢、一九一四年

だがこの人は
偶然帝国の警察に
捕まって、偶然に、未遂の問題とは捕まり、彼の言っていたことは
全く無関係な問題で
信用されず、オーストリア大公に予告するにも
間に合わず、もう動き出していた
運命の車輪を
誰にも
止めることはできないのだが
今日の私たちはガヴリロ・プリンツィプも
オーストリア大公もゾフィー公爵夫人も
その時は知らなかったことを知っている
彼は大きく見開いた目で暗闇の中、
悪い予感に虐げられて
丸一日を過ごしたにもかかわらずだ

少しの間私はここで物語を止め
ガヴリロ・プリンツィプをよく
知っている人であるように感じてみて、
私は皆を見るように彼をも見ており、
綺麗な水晶を通して見ている
誰かのように
彼をはっきりと見ている
彼は図面を読んで
ガスランプの弱い光のもとで手紙を読み
自分の拳銃を点検するのは
千度目、暗闇の中で
見開いた目で光景を見ている
ガヴリロ・プリンツィプは
ボスニアのある村で子供が狩っていた
無垢な牝鶏を思い出す、

ペータルという名の
郵便配達員で、年老いた馬の上で
泥道を横切っていた
自分の父親を思い出し
幼児のままで死んだ
自分の兄弟の一人を思い出し
美しく白い花で覆われた
死の床を思い出し
冬には道を通れなくする
霧と泥、そして雨を思い出し
私は彼が光を消すのを見て
私は暗闇で彼の煙草の
火種さえも見る。
翌日には
道の角の席に朝早くから
いて、負傷者と死者たちを後に残し、
一回目の試みは失敗に終わるにせよ

その実際の標的は
絶対に死ぬことはない
それで今や歴史の幕に
勢いよく飛び込む
順番が来たのだが
彼の頭には
運命の恐ろしい罠にかかってしまった
という思考が去来することもなく
その故に同時に
混沌と破滅の扉が開く
という考えが去来することも無く
世界全体が荒地に
変えられるがためには
発砲一発で十分だという考えも無く
続けて起こることの全てが
私の目の前で無声映画のように
展開し、私は夢の鏡の前に立っている

かのように出来事を見ている
プリンツィプはオーストリア大公の
黒い車の前にいて
拳銃をもって
何度も近くから発砲し
プリンツィプは走って
幕から退場し
オーストリア大公は銃撃され
妻でホーエンベルク
公爵夫人のゾフィーも同じなのだが、
私はプリンツィプが醜聞に
巻き込まれた時に
そこにはいなかったにもかかわらず
私はこれらのこと全てをはっきりと見ている
綺麗な水晶を通して見ている
人のように、全てが
私の目の前で展開していく

無声映画のように
私はオーストリア大公が倒れるのを見て
ゾフィー公爵夫人も同じく倒れ
耳を銃撃されて座席に倒れ込み
突然私たちは皆夢の
鏡の
前に立ち、混沌と
破滅の門が開き、公爵夫人の口から血を拭うため
運転手がハンカチを出す
あらゆることが同時に起こり
アンコンという名の大きな蒸気船が一隻
勝ち誇ったようにパナマ港を
航行し
プリンツィプは走って
幕から退場するのだった
一晩中ウィーンから
サライェヴォへ

粗い道と渓谷を旅し
粗い道と渓谷が
スティフターの憂鬱な場所を思い出させる
栗の木の生い茂る濃い森を、
燃え上がる栗の木の
生い茂る濃い森を
切り開きながら
電車が走り
星々の
死をもたらす輝きのもとで
燃えている
病の馬と動けない牛は
雨のもとに
死者たちの錆びた骸骨を引きずり出し
混沌と破滅の門が
開いて、世界の
全体が狂気の中に耽溺し、

世界の全体が This is the way the world ends の
終わりにまで達した
この狂気が私たちの最後の言葉であり
私たちが後に
塹壕の黒い泥の中に身を浸すように
あなたたちはどの希望も諦めてしまい
This is the way を諦めてしまい
息も詰まる大気の
時代が
到来するのだった。

国家文学賞　新人賞　二〇一七年

# ダナイ・シオジウ

Δανάη Σιώζιου

# 『便利な子供の玩具』

*Χρήσιμα παιδικά παιχνίδια*

アンディポデス出版、アテネ、2016年

（8、16－17、19、36－37、48－49頁）

## ダナイ・シオジウ

ドイツのカールスルーエで生まれ、当地とカルディッツァで成長した。アテネ大学でイギリスとギリシアの文献学を学び、修士課程では文化財管理と欧州史を学んだ。文学雑誌「テフロン」の共同出版人であった。彼女の詩と記事、そして翻訳は刊行物やインターネット上の雑誌で（「テフロン」、「ピイティキ」、「e-poema」、「The books' Journal」、「トラカ」）、そして英語やスペイン語に翻訳されたうえで詩集において刊行されている（*Austerity Measures*、Penguin、二〇一六年）。二〇一六年三月には「The Guardian」紙においてMeet the Greek Writers Revolutionising Poetry in the Age of Austerityという主題で詩人八人による集団発表に参加した。詩集『便利な子供の玩具』で賞を贈られた（国家文学賞、新人賞、二〇一七年、また同時にウルスラ・フォスコル賞と作家協会のヤニス・ヴァルヴェリス賞）。

作品一覧　詩　『便利な子供の玩具』　アンディポデス、二〇一六年

# ルナ・パークにて

巨大な亀が二匹
遠くの旅から
ルナ・パークにたどり着き
メリーゴーランドから子供が
降りて来るのを
一緒に連れて行こうと
待っている。
母の
肩には雲
胸には雨があり
子供は挨拶をする。
亀たちはこの子を連れて
海へと向かう。

# 潮流

海際の古い家
塩によって保存され、まだその基の上に
立っている。潮流は行ってしまうも帰って来る。
押し寄せる波と昔の失われることのない日々の
　感覚。
このランプの光で母は刺繍を施して、
涙が床に落ちて飛散する、
木のまな板の下では海が膨らんでいた。
貝と薪、石は
　しばし沸騰し、
ある時家具と寝台の下で
私たちは大量の海藻をはがし、
父が日曜日ごとにこれを料理して、
家族全員で集まって食べていた。

　ほら、この階段をお爺さんは死ぬまで
上ったり下りたりしていて、誰もこれを動かそう
　とはしなかった。
その後、お婆さんは深い憂鬱に沈むようになり、
ほとんどの日々を寝台で過ごしていた。
ただ土曜日だけはいつも起き上がり
箪笥から昔の花嫁道具を引っ張り出して
これを着て扉の前で待ちながら立っていた。
だから私たちの傍に海があったあの時より
この土の方が幾分いい。

だからこの西風の方がいい、
ましだ。

# 母の詩

母はイタリアン・パセリから
スペア・ミントをどう分けたらいいのか知っていた。
描きようのない眠れる
美女のように
美しく
クルミのような苦みがあり
栗のように棘が多く、
夜明けの星のように豊穣で
家を打ち崩し、その後でまた立て直す
なぜなら、この偉大なコンピュータには
心のあるべき場所に
腹が決して音を鳴らせることのない
冷凍庫があるからだ。

# 大きな苦労も無く

私たちを溢れさせる日々があり
ほとんど楽天的に
何の理由も無く
そうやってあなたは
一番小さな木々が
外で
残りのあらゆる時間の上に
柔らかな網のように身を傾けて
私たちが皆港の奥の
木の家に住んでいるかのように
これを支えているのだと思っている。
私たちを見つけるまで軽くなることを
余儀なくされて外から来るものとは
そういうものだ。
生はその時また
柔らかい肉体、軽くて親愛のこもった
周りを取り囲んでいる物で、
水でできた生になった。
それらの日々はスープと甘い物で
できていて
恬淡寡欲《てんたんかよく》*の欠如も決して曲がらず
丁寧な言葉か励ますような合図の
ために必要な勇気は
私たちが全てを失ってしまったということ
そして葉がよくよく固められてしまったということ
そして葬式からもっと向こうへ
行ってしまったということを
愛が私に説得する日々であり
また同じく
私を震えあがらせることになると
私が思っていたものではなかった。

* 心にわだかまりがなく、無欲であっさりとしているさまを指す。

# この地で一番美しい男の人

もし祖父がこの地で一番美しい男の人でなかったなら
おそらく一目で恋に落ちることはなかっただろうし
もし恋に落ちることがなかったら、おそらく悪い
ことも
起こりはしなかったのだろう。
もし私の誕生の日を高らかに宣言していたようには
私の眼差しが祖父のと同じだと信じてくれてい
なかったなら
あの人の目も力強い心も
あの人の帽子と女への趣味も
私が引き継ぐことはなかったかもしれず
あの人が自分の死を五年も
引き延ばしはしなかったかもしれない
もし私が男の子だったら、おそらく私にも
よじ登っていくいい方法を教えるかわりに
数学の問題を解かせていたことだろう
というのも私たちはピアノが大好きだったから
もし私が理解していたのを知っていたなら、
私が忘れるに違いないと思っていた、苦々しい
あの物語の全てを決して語りはしなかっただろう
もし祖父が勇敢で美しい
最後の息を引き取る時まで地の上と下に
よじ登って矯正する力をもった強い脚をした
男性でなかったなら
おそらく彼も見た目に髭があり
おそらく重婚して他に子供をこしらえていて
私たちは大損をしていたことだろう
もし祖父の心が粗雑で手は柔らかい、つまり
あべこべであったなら
おそらく自分のベッドに踊り飛び込んで
私にその腹を撫でさせてくれはしなかったこと

ダナイ・シオジウ『便利な子供の玩具』

だろう
おそらく外科手術に恐れを抱かず
私たちは元気に過ごしていたことだろう
もし祖父が国境を越えた人たちの
一人でなかったなら
私たちの墓はひび割れて別な場所にあったことだ
ろうし
もし祖父が踊らず、デザートのためにクリームを
作ることもなく
ルナ・パークや自転車を気前よく買ってくれる
ような人でなかったなら
私の初恋の人ではなかっただろうし
私の初めての死が
この地の最も美しい男のものでもなかっただろうし
今でも私には希望があったはずだろう。

国家文学賞　特別賞　二〇一七年

# アンゲリキ・シディラ

Αγγελική Σιδηρά

# 『Silver Alert』

ケドロス出版、アテネ、2016年

（13、18－19、52－53、65－66、78頁）

## アンゲリキ・シディラ

一九三八年にアテネに生まれ、ギリシア国銀行と外務省で勤務した。ギリシア赤十字で社会福祉のボランティアとしても活動した。彼女の詩はフランス語、スペイン語、ドイツ語、英語、イタリア語、そしてトルコ語に翻訳されている。同様に彼女の詩は有名な詞華集に収録され、新聞や文学雑誌で発表されている。二〇一〇年四月には文化都市二〇一〇年としてイスタンブルで行われた国際詩歌フェスティバルと二〇一五年九月にスペインのトレド、二〇一六年の七月にフランスのセット、二〇一九年六月にイタリアのジェノヴァで行われた詩歌のフェスティバル Voix Vives でギリシアの代表を務めた。アメリカの詩人エミール・ディキンソンの詩を翻訳し、他の五名の女性と『女性の感性』という証言の出版で協働した。詩集『Silver Alert』で賞を受けた（国家文学賞、敏感な社会問題に関して重要な対話を産み出した書籍に対する特別賞、二〇一七年）。

作品一覧　詩

『アルファベットの実験』　ピツィロス、一九八七年
『無慈悲な青』　カスタニオティス、二〇〇七年
『両道の引力』　カスタニオティス、二〇一〇年
『近くで耐えて』　ネオス・アストロラヴォス／エフティニ、二〇一三年
『Silver Alert』　ケドロス、二〇一六年　等

# Silver alert

初めていなくなったのは十二月のことだった。十二月の終わり、夜が明け、雪が降っていた。この広大な街の中、どこにあの人を探すべきだったのだろうか？　自分の本能に身を委ね、歩みは私を昔の父の家へと導き、そこで私は息を切らして眠っている彼を見つけたのだった。

ほとんど裸でどうやってこれほどの距離を歩き切ったのだろう？　私は彼を叱り、私の小さな父を思い出したのだが、行儀の悪い子供のように怖がって私を見ていた。

私は委員会で父の全てを布にサインペンで、私の電話番号も書き、袋のポケットの中にこれを縫うように勧められた。でも我が一寸法師様が一人で道を見つけられるよう、どうしてそのポケットを石で満たさないでいられただろうか？

私はこんなことを考えていたが、糸を針に通そうと何時間やっていたのかはわからない。

でも今では全てが通っていた。更には、父は自分の道を見つけ出していた。

アンゲリキ・シディラ『Silver Alert』

# 養老院での正月

この晩、パジャマと夜着は部屋に空っぽで置かれ当惑していた。

老人たちはほとんどくすんだ特徴的な光沢のあるスーツを着て、時が積み重ねていた数カ月を確認しようと航行していた。

それに対して老婆たちはよくなじんだコサージュを身に着けて息を切らしていた。裾と袖が黄色く変色したレースが体のこぶと静脈を騙そうと頑張っていた。

室長はグラモフォン*にディスクを置いた。音符が闖入者の如く悲しいサロンに飛びこんできた。藤色の帽子を被った老婆が泣き始めた。七十三号室の入居者が、あの四号室の狂った老婆と踊り始めた。Chick to chick! 老婆たちは、エスコートの男性がいなかったので、自分たちだけで踊っている。曲がった体を不自然にふるいながら品を作っていた。父は、自分が覚えていないことも忘れてしまっていて、耳障りにラモナを口ずさみ始めた。ほとんど残ってはいなかった親戚の訪問者である私たちは、当惑して見ていた。

後で、ディスクがグラモフォンで止まり、ラモン、ラモン、ラモンと繰り返し続けていた。これがあの人たちの好みだったかのようだ。リズミカルに白黒の頭を喝采しながら振っていた。突然誰かが床に転んだ。ほとんどの人たちは、アクロバティックなナンバーなんだと思って拍手をし始めた。

十時半。最終的に室長が祭りの終わりを宣言したのだった。

＊ 円盤式蓄音機を指す。

# 睡魔

地下鉄で少女が
詩を読んでいる。
或いはひょっとするとあの人は少女でさえなくて、
あれも詩ではなかったのではなかろうか?
把手にしがみついた、
今では何日も告知の中に探されている
ただの中年の女性じゃないか。
あの写真の、優美さのかけらもない長い
茶色のワンピースを着ていたが
確かに私の向かいの少女が履くような
ジーンズ・タイツではなかった。
しかしながら、彼女の疲れた目の中では
少女の目線の中で本に混ざり合う
同じ火花が
消えてしまっていたようだ。
彼女の髪は色褪せ、ほどけていて、
若い女性の艶があって黒い
短い髪と奇妙に混ざり
合っている。だが地下鉄で詩を
読んでいる少女は
長い金髪の髪を
している人以外にない。
言葉は詩から
電車の揺れで躍り出て
無慈悲に私の思考を爆撃する。
私は震え上がる。アリモス駅。
降りなければ。

# Amber alert*

四歳ぐらいの
薔薇色の無垢を纏い
飼いならせないポニーテールと
大きく見開いた目をした少女が
目の前に広がっている
あらゆる未来を容れるために
消えてしまった。

だから、この少女は私だったのだ、
間に入った
七十年もの歳月の間どこかに隠れて
確かに姿をくらましていた。
消えてしまっていた。そこでの屈託の無さで
裏切りで
いい加減な笑いで
ほとんど無知の中で
忘れられていた。

私を探して。
お願いだから！

私は今では見知らぬ女
鏡の中で似たような
女性の、悲惨な偶像にはち合わせる
あなたたちが探している娘が
彼女であり
それ故
絶対に見つけられるはずのないことも
知りやしない。

* 児童或いは未成年者の誘拐事件、行方不明事件が生じた際にマスメディアや電光掲示板などを通して発せられる緊急事態宣言や警報を指す。

アンゲリキ・シディラ『Silver Alert』

# Las Meninas[*1]

ほとんどの人があの人の名前も知らない。
犬はだらしなく彼女の足元に身を伸ばし
主人の障碍には関心が無いようだ。
だから infanta[*2] Margarita と
従者の乳母の
Maria Barbola はむしろ匂いでしか
区別がつかない。
しかしながら画家は
二人目の奇形を強調しつつ
一人目の魅力をさらにひきたてているのだ。

だが Maria は少しも
差別に気を悪くしたことを見せはしない。
またどんなものであれ私たちの眼差しを等しく
要求し
ほとんどほほ笑みながら
右の絵に都合がよく
自然の不正と
明瞭さに
絶対に妥協している。

＊1　ベラスケスの有名な絵画、女宮たち
2　スペインやポルトガルにおいて王の娘や王家に属する女王ではない若い女性や女の子を指す。

国家文学賞　詩賞　二〇一八年

# クリスタリ・グリニアダキ

Κρυστάλλη Γλυνιαδάκη

## 『死者たちの帰還』

*Η επιστροφή των νεκρών*

ポリス出版、アテネ、2017年

（19、21、26－27、39、51頁）

## クリスタリ・グリニアダキ

一九七九年にアテネで生まれた。ロンドン・スクール・オヴ・エコノミクスとロンドンのキングス・カレッジで哲学と宗教哲学、そして政治理論を学び、イースト・アングリア大学で創作を学んだ。オスロとイスタンブルで生活したこともある。二〇〇七年よりノルウェー文学の翻訳者としても活動している。彼女の詩は外国の雑誌で発表されており（「Poetry Review」、「Poetry International」、「3AM Magazine」）、英語やトルコ語、そしてドイツ語やスロヴェニア語に翻訳されている。詩集『死者たちの帰還』で賞を贈られた（国家文学賞、詩賞、二〇一八年）。

作品一覧　詩　『ロンドンーイスタンブル』ポリス、二〇〇九年
『都市の荒地（そして陽動）』ポリス、二〇一三年
『死者たちの帰還』ポリス、二〇一七年

## ミクロス・エロティコス

冬のセーターを着ている男の子が一人。
カリドロミウ[*1]には少女が二人いて
細いくるぶしに銀行家がするようなアクセサリーと
男性用の紐靴を履いている。

レモナキ[*2]という八百屋。苦い
ラキ。ミクロス・エロティコス[*3]には古い玩具
ブリキの箱に恋、
古いレコードとポスター。

今夜、あなたに会う約束。
本を手に持って車から
出ていく物書き。
五百頁にもなる。太陽の降り注ぐ日。

ラパティオティス[*4]の街区で。ストゥレフィスの
丘は、以前は石切り場だった。
恋のせいで、緑色で
穏やかになった。空っぽのタクシー。

空っぽのタクシー。
空っぽのタクシー。

幸運のための柘榴の入った小鉢[*5]。
ハジダキスは「メガロス・エロティコス[*6]」と一緒
　にいる。
時の止まった時間。
今夜は、あなたと会うんだ。

＊1　アテネ市のエクサルヒア地区の中心にある通りの名。
2　アテネ市カリドロミウ通り三十一番地に二〇二四年現在も実在する食料品店。
3　十字路を挟んでレモナキのはす向かいにある、二〇二四年現在も実在の古物やレコードなどを売っている商店。
4　ナポレオン・ラパティオティス（一八八八―一九四四）は戦間期のギリシアの詩人であり、エクサルヒアのストレフィスの丘の邸宅に居住した。一九四四年に戦争による飢餓と麻薬中毒により自殺した。
5　ギリシアでは年始に豊穣の象徴として柘榴を地面に投げて祝う風習がある。
6　マノス・ハジダキス（一九二五―一九九四）は映画「日曜はダメよ」の音楽を手掛け、またレベティコの振興に努めたことで有名なギリシアの作曲家であり、「メガロス・エロティコス」は古代、中世、現代のギリシアに触れている彼の楽曲。

# EINSATZGRUPPEN[1]

神という観念を殺すことよりももっと大きなこと
　がある。
あなたは正義という考えを殺そうとしている。
正義そのものではない。その観念だ。
その可能性を。
　　　　　　　　　　　　　　私たちはこれを
ルンブラとバビ・ヤール[2]、
シュトゥットガルトの老人ホームで成し遂げた。
そこでは何千のＳＳ[3]というただの人殺しが
色とりどりの生を平和に終わらせていたのだった。
私たちはヨーロッパを死体の上にだけでなく
暗殺者たちの自由の上に建てたのだった。

これを安定させるため、私たちはここに仏独の鋼
　を置いて
上にセメントとして、
黒緑の装身具を身に着けた、
村々を一つ一つ回って
五つずつ、十ずつ一緒に母の頭の上の
十のピストルを
ヴェールマハトの写真の
十の微笑みを収穫していた、
私たちが赦したもの全て、裁判官、弁護士、
傍聴人と教師たちを投げたのだった。
それらで、死体を肥料として、刑罰で
私たちはヨーロッパを、ロシア人に対する堤防を
　建てたのだ。

だがそのような血の上にどうやって平和を確立できるというのだろうか?
自分自身の手で人を殺したような人々がまだいる、
それを行ったことをいまだ覚えている人々がいる
街の上でどうやって共存を建て上げられようか?

どうやって沈黙したヨーロッパが
確かにされるというのだろうか?
この日々の犯罪、この暗殺という日常茶飯が?

人々は全てを覚えている、とあなたは言うことだろう。土台は朽ち果ててさえいるのに。
地震が来る時までは。

*1 アインザッツグルッペンはナチス・ドイツ政権の時にラインハルト・ハイドリヒによって創設された部隊であり、主に国防軍前線の後方において特にユダヤ人など「敵性分子」とされた人々を銃殺するために組織された。
2 前者はラトヴィアのリガ近郊の地名で後者はウクライナの地名であり、それぞれ第二次世界大戦期にユダヤ人の虐殺があった。
3 国民社会主義ドイツ労働者党、いわゆるナチス党の親衛隊を指す。

# ほら、売ってやろうか？

アレッポで子羊は一五〇〇リラ、
つまり七ドル九十三セント。バグダッドでは
三十九・六百九十七ディナール、
二十七ドル、つまりもう少し高くなっている。
イエメンとアフガニスタンでは日照りとの
ギブアンドテイク
シリアでは、曰く、五十万もの農民たちを都市に
送った、あなた方がこうして晩にテレビで見て
　知った
貧困と混乱を生みながら。
物価はおよそ二十パーセント上がったと、
肉市場から様々なリポーターが告げており、
およそ一キロ当たり七から八ユーロ —— 換金すれ
　ば八・五ドル——
去年より一から一・五ユーロ高い。
「西側《カトリックたち》からの輸出の問題だ」と私たちに
魅力的な薔薇色で、アイロンのかかった
エプロンをした
丸々と太った肉屋が説明する。後ろでは水を抜く
　ために犠牲動物が
掛けられている。ただ司祭がいないだけ、
ア・ラ・フランシス・ベイコン。

テル・アヴィヴでは今日酵母無しのパンを食べ始め、
更に荒野を横切って
理論上の「約束の地」に達する。
夢の中では実り多き大地、
土と石、武器と血、荒地のリンゴ
大人にも子供にも逃れ場に満ちた大地。

犠牲動物四キロのために
アレッポで七ドル、イラクで二十七ドル
ニューヨークではキロあたり一と二十二ドル
アッティキではそこに八を足して四十八ドル
アメリカの記者の体重の
二十分の一
首にはざらざらした鱗をつけて、跪いて
犠牲になる準備を整えている。

四キロで四十八ドル、
だから八十キロで九百六十ドル。シリアから
いくらか子羊を連れて来い。乳製品の
品質AAクラスのをな。
丸々したのは千ドル。今だけのお値打ち品。
私たちはいくらだと言った？
八十キロともう一声。ほら、売ってやろうか？

# COME UNDONE

車の車輪から、ガードレールに
まき散らされた内臓。
他の筋肉には指も触れず
毛皮にさえも

毛皮は綺麗で、橙色と白。
晩には救急車が道を走り、
皆がどこか急いでいる
生き残るのか、死んでしまうのか。

道、川、
飼いならせぬ魂、狂気、終局を伴う
希望は、混沌か死か
悲しみという善を。

この瞬間
誰かがまたプラスチックのマスクで
息をして、看護師の誰かが運命の定めた安堵に
よって息をきらす。

だがあの色の豊かな毛皮のために
アスファルトのただ中で
立ち止まる人はだれもいない。
誰も身を屈めはしないだろう。

柵から柵へ喜ばし気に飛んで、
生きた日々について
車輪の打つ時は
その中で溌剌とした命について語る

果ての無い、舗装された道だけが

舗装されたばかりの道の肉体だけが
そこで朝を見出すことだろう
これを世話しようと身を屈めることもなく。
そうして生はめぐる。
そうしてあなたも私の抱擁からいなくなる。

# アレッポ――アテネ

朝の光の中で白いバルコニーから他の
バルコニーへと
飛ぶ鳥一羽。七月、日曜日のアテネ。
その鳥は朝の太陽と涼しさを吸うため
ここに留まることだろう。
綺麗な光に浴すため。
ある日あの日のように震えながら
布束と共に逃げてきたシリア人たちに対してした
　ようには、
人々はこの鳥を追い出して、急いで台所を捨てさ
　せようとはしなかった。
太陽が輝いて花が香り、音がキャタピラーから
アレッポで花を咲かせる。自分たちの後ろ、
そこには大好きだった煉瓦で隠れて遊んだ各々の
　子供の片隅、
早春の涼しさの香りと
レモネードが開いた時に彼らの舌を焼く泡を残した。
最初の愛の家に達するために横切っていた道を、
　アスファルトの色を、
外で知っていた、舗装したばかりの道のひび割れを、
テレビでサッカーの試合を、
影の差す片隅を、中庭を、多くの色のカーテンを
　売る
店を、バスのクラクションを、意味の分からない
標識を、太陽を外に締め出すために閉じた
鎧戸を、私が追い出される国の
密輸業者と溺死者の後でやって来るための騒音を
　残したのだった。
私は追い出されてしまったのだから。
彼らは同じ光を、同じ絶望を見つけた。ここでも
　私たちは

太陽を外に締め出すために
カーテンを引くのだ。

国家文学賞　詩賞　二〇一九年

# ハリス・ヴラヴィアノス

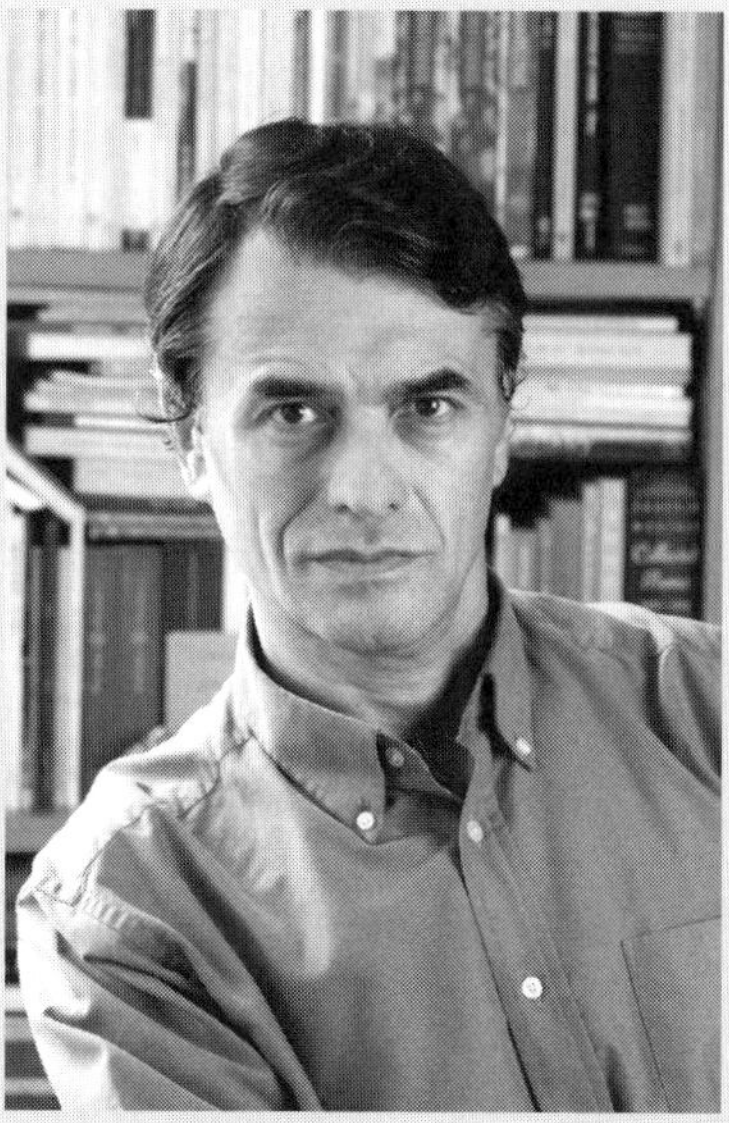

Χάρης Βλαβιανός

## 『白の自画像』

*Αυτοπροσωπογραφία του λευκού*

パタキ出版、アテネ、2018 年

（25、42、63、74、122 頁）

## ハリス・ヴラヴィアノス

ローマに生まれた。ブリストル大学で経済学と哲学を学び、オックスフォード大学で政治理論と歴史を学んだ。詩集を十二冊刊行し、『白の自画像』（二〇一九年）でペトロス・ハリス賞（アテネ・アカデミー）と文学雑誌「オ・アナグノストス」と二〇一九年の国家文学詩賞、そしてPUBLICの賞を受賞した（「現代ギリシア詩」の部門）。彼の詩はヨーロッパの多くの言語に翻訳されており、その作品はイギリス、フランス、ドイツ、スウェーデン、オランダ、アイルランド、そしてスペインで刊行されている。また、随筆集も四冊刊行されている。彼はアメリカ人とヨーロッパ人の頂点にある詩人たち、ウォルト・ホイットマン、エズラ・パウンド、ウィリアム・ブレイク、ジョン・アッシュベリー、ズビグニェフ・ヘルベルト、フェルナンド・ペソア、E.E. カミングス、マイケル・ロングリー、ウォレス・スティーヴンズ、アン・カーソン等の作品の翻訳も行っている。文学史における象徴的な作品であるT.S. エリオットの『四つの四重奏』の翻訳も行った（二〇一三年）。「ピイティキ」という雑誌を主宰しており（パタキ出版が半年ごとに刊行している詩芸術に関する雑誌）、これは二〇一八年に文化スポーツ省文化事務局より二〇一九年度の国家賞の枠組みで賞を贈られた。二〇一九年には国家文学賞も贈られた。ギリシア・アメリカン・カレッジにおいて歴史と政治理論で教鞭を執っている。

作品一覧　詩　『夢遊病』　プレトロン、一九八三年
『天の懐郷病』　ネフェリ、一九九一年
『現実での休暇』　パタキ、二〇〇九年
『今、私が話そう』　パタキ、二〇一六年
『白の自画像』　パタキ、二〇一八年
『プラトン的対話篇、或いはなぜ皆が家でパーティをするのか』　パタキ、二〇二二年　等

# 赤く、果汁に富んだ恋

水差しの傍の林檎、
画布の上にまた命を吹き込むため
辛抱強く
巧みな画家の筆を待つ
もう一つの「静物画《ナチュール・モルト》」だ。
だが君の愛する女の口にある林檎は
ペイターならきっとこう言うのだろうが
an entirely different story だ。
あの人の尖った歯が
あの輝く滑らかな肉体に力強く突き刺さるのを
それからあの人の舌がゆっくりと
円を描くような動きで唇を拭うのを見れば、
君はさらに旺盛な触手でねっとりと、
利那が命じることを行うのだ。

瞬く間の動きで
あの人の口から林檎を奪い
刹那の間であの人に林檎を返すため
自分自身の口に乱暴に
ねじ込む。

これは、恋ではないのではないか?
これは、その林檎の跡なのだろうか?

# キクラデスの牧歌

視線を下げた。
美がかくもの勢いで
君の生に押し入るや
君を破滅させることだろう。
君の裸足の裏の傍らを
急ぎ走る蟻二匹が
地中深く
夏の夢を埋めている。
蟻の運ぶ荷が
これらを押しつぶすことはない。
自分たちの力をよく見積もっていた。
君の影は、木の影に消える。
黒の中に黒。
君を定め続けるため
暗闇に留まり続けなければならないのは気逆《きざか》い。
だが小片の仰天が
なお君を君のままにしているのだろう。
君に形容辞は必要ない。
面白みのない逃げ口上も。
どの問いも、欲望だ。
どの答えも（もう君は知っていよう）、破滅だ。
自分のいるところにいるがよい。
少しすれば君は引き離されるだろう。
雲は、自分がどこにいるのか問うことはない。
ただ流れ行くのみだ。

# 自然詩をもう一つ

真実とは
硬い林檎だ。
君は旺盛に食らうか
（仲間たちの責めるような視線は無視しつつ）
力一杯に
隣の畑に投げ捨てるかだ。
その故に
「それでも君を愛している」という文言は
今のこの事態において
君の助けになりはしない。
恋という言葉を
熱狂的にしゃぶり続けるのであれば
これは歴史が
前進せねばならぬが故であり、

もちろん何かの終わりに達するためではなく
（その終わりとやらは何なのだ？）
それを書く手続きそのものを
正当化するためなのだ。
さらに英雄は
いつでも他者の詩の
中で死ぬものだ――誰を指しているか
お分かりだろう。
だから、心配しないでほしい。
君はあの人の手をしっかり握ったまま
林檎を食らい続けるがいい。

切に願う。私の靴に
小さな種を吐かないでほしい。
毛皮でできていて、すぐに染みがついてしまうから。

# 誤った問

今、私は再び読み
よくやって、最初の詩節に――
物思いに沈む炎の交換に疲れ切った
つがいが別々の部屋で寝ようと決心した
まさにその場所に
(――君が望んだが故に君は持つのであり、
　君が有しているが故に君が望むものとは
　異なる
――熱情が存在すると見せかけることよりも
　障害があると見せかけるのが簡単だ)
これを捨てたのが自分なのだと思っている。
さらに、恋無き他の夜は
(――君は何か月だったと言ったかな?)
この世の終わりを意味しはしない――
どこであろうと二週目が始まって、
「初めに感じた魅力」が
再び「耐えられない倦怠」になってしまうまで、
全ては予想のつく範囲の中の歩みを辿ることだろう。
主題は一つ。
もし女には海賊を、男には帆走をするよう
仕向けたと思っていたとしたならば、
君は次の小さな演劇に進むことができていたと
思うかい?
殊に道の曲がり角が見え
奥底の渓谷が自分自身を裸だと想像していた今、
肉体は実際少々手入れを必要とするが、
君の主人公たちが素晴らしい、新しい始まりを
夢見ていた時の狡猾な自然を嘲笑うのに
新しい活気の感覚は十分であり
(これほどの男たちが教練場で私に恋焦がれ
　――数えきれないほどの女たちが私の巧みな手

に消え失せようとしていた）
それが次の背きを仕上げたりするだろうか？
だが、目覚まし時計が再び鳴り始め、
子供たちが目を覚ます時間になり、
学校の送迎バスは四十分後に来て、
朝食を摂って歯を磨き、
手袋とマフラーをしなければならない、
その後は――
――おはよう。よく眠れた？
――全然、一晩中悪夢を見ていたんだ。
――珈琲淹れてあげようか？　しゃきっとするよ。
――珈琲飲まないの忘れてしまったのか？

縄を探したが、
私を救ったのは倦怠だった。
我が愛する倦怠よ、ムーサたちの母よ！

## ヴェルテルへ向かうゲーテ

マーフィーの法則で

そして九人の女たちが
夕餉の少し後、
毎晩私を訪れる、
だが、私は彼女らを軽蔑していて、
言葉を交わすことさえしなかった。
私はただあの人だけを思っていた――
あの官能的な肢体、
あのみだらな接吻。
だが突然、理由なく私を捨てたのだった。
その後、残りの女たちも。
責め苦に終わりを与えるため、
私はナイフを

国家文学賞　詩賞　二〇二〇年

# ヤニス・アンディオフ

Γιάννης Αντιόχου

# 『それは、下方の天』

*Αυτός, ο κάτω ουρανός*

イカロス出版、アテネ、2019 年

（18－20、24、33－34、74－76 頁）

## ヤニス・アンディオフ

一九六九年にピレアスに生まれた。アテネ大学でＭＢＡと医学部で集中治療室を専門としてＭＳｃを取得した。詩の書籍を八冊出版し、テッド・ヒューズの『誕生日の手紙』(二〇〇五年)、アンナ・アフマートヴァや自殺したアメリカ人詩人たちの詩、そしてアンナ・アフマートヴァの経歴を翻訳した。二〇二〇年に国家文学賞を受賞した。

作品一覧　詩　『Romeo and Juliet』デレアル、二〇〇四年
『彼の言語で』ガヴリイリディス、二〇〇五年
『それは、下方の天』イカロス、二〇一九年
『肉体』イカロス、二〇二三年　等

# ナルキッソスの死

I will show you his bloody cloth and limbs
And the gray shadow on his lips.
T. S. Eliot, The Death of Saint Narcissus *

最後の年月
暗い自分の部屋で
私は光を照らし返そうと
涙の湖の前に跪く。
もう覚えてはいない
反射の懇願者として
身を屈め、縮こませている。
だが私は真実は言わず
嘘が私を老いさせる。

私は、君を見ることはないのだろうが
私たちが二人でいた時に
──昼は終わらず
夜も終わりはしなかった──
若さのしり込みを噛みしだきながら
噛み跡を痛みながら
画布を黄昏の薄明りで満たしながら
君の湿った死面を
君の潤う髪を
君の涙を
感じているのだ

幾ばくの光が
はじめ
あの私の部屋に差していたのだろうかと
君の鉄の胸当てが
どれほど固いのだろうかと

想像する者は誰もいない

長年別れて暮らしてみて
私たちは制限無く
同じ夜の鏡に耽溺する術を学んだ。
小さな翼
噛み跡
打ち身
潰瘍の間で。
この不死の中で
私たちが見積もることの無かった
僅かな僅かな自由という乳を吸いながら

私はほとんど君の上に立っている。
君の髪は
黒っぽくて艶やかだ。
夜の指は針のよう

私たちの目の中で
黒っぽい情事の
耳をつんざく沈黙を縫う
こうして私は、カラヴァッジョよ
君の黒い刺繍枠に
その爪で扉を
私が出られるように引掻いてくれと、
君こそが私を救った神だと
言わせてくれと懇願しながら
私が溺れる少し前に
我が身が折り畳まれてしまっているのを
目にする者は誰もいない。

＊ 私は君に彼の血まみれの服と手足を見せよう。
そしてその唇に差す灰色の影を。
T・S・エリオット、「聖ナルキッソスの死」

# 戦争

麻薬中毒になった街で
もし私が昨晩から
部屋の青ざめた光の中で
身を屈めて泣いているのを見るならば、
私が祈っているんだ
或いは苦しんでいるんだとは思わないでほしい。
君の翼は私を引き裂き
夜が古い塔や
ドイツの荒れ果てた城の上で
金切り声を上げながら
君の影を求めながら
私を起こす。
私は君を失ったわけではなく
ライプツィヒの大きな時計塔では
長針が錆びつき
もはや真夜中を指してはいない。
かくもの不動の中で
バッハは私たちの神を
煉獄の岩に結び付けた。
かくもの夜半に
悪魔の耳を白くしながら
雪だけが輝く。
人間たちの槌《つち》は
なんと甘美なメロディーだ！
Au revoir ici, n' importe où！*

＊「ここでさようならだ、どこだっていいさ！」
アルトゥール・ランボーより。

ヤニス・アンディオフ『それは、下方の天』

# 白い蛇

毎夜
白い蛇が一匹
私の左脚に絡みつき
私の心臓に頭を
もたせかけ
これを凍り付かせる

私は唾液の痕跡無く目覚める。
君の手が私を掘った。
私の唇は
——窒息の、黒っぽいインクの染み——
君に接吻し、君を描き出す。
君の抱擁は何たる恐縮なのだ！

晩
私は君を隠している
花と枝ごと
敷布を焼くだろう

寝台を
　家を
　　部屋を私は焼くだろう
——君が真っ赤に燃えるように。

君に白い蛇を見るだろう
君は蜷局《とぐろ》を解くだろう
君は私を締め上げるだろう
君は私に接吻するだろう
星に灯りを灯しながら

# Nachts*

夜中に
私たちは火の中で平静を得た。
真っ赤に焼けた金属のような口が
闇を血に染めた

朝から
鳥は飛ばず
屋根の梁は
縮こまってきしんでいる

部屋も小さくなってしまったものだな?

私は君の上に立ち
君の名を
知らないのが
残念だ。

＊ 夜中に（ドイツ語）

# カルカスは恋に落ちている

さらば解くべし、只我に誠をこめて先づ約せ
言句並に威力にて我を救ふべく先づ盟へ
思ふ、恐らくアルゴスを統べ、アカイアに君臨の
高き位にある者の心わが言激すべし

ホメロス『イリアス』第一歌、七十六―七十九*

私は知っている
君は私を愛している
夜が私を傾けるように
私の悲しみは
私を捉えるもの
ほら！　私は君に接吻しようと裸で身を屈め、
雀八羽と母鳥の叫びのためにさらに気を使い、
君を憐れんでいる。

私であったものは神々の痕跡を愛していた――
背の赤い巨大な蛇――君の内側から大きな木が
根を張っていくのを君から聞いた時、私たちの
過ぎ去った日々と君の叫びを――他者の木――

私は君に抱擁し、君は私に根と言う、根だ――
君の爪は汚れていて、君の肉体は湾曲した弓な
のだから、これももっともなことだ。君は、私
の懇願者なのだ。

この私たちの愛は――絶望の実践の一つであり、
私たちの沈黙を夜に混ぜ合わせる。

幾度か――未だ私はどうやったのかわからない
のだが――君は私の岩だらけの夢に鳥たちと滑

り込んでくる。不眠の暗き場所。君は巨山を裂きつつ私を舐め、爬虫類が通りすぎていく、きしむような音が様々に聞こえていた――背の赤い夜明け――海際で、私たちという夜を（も）明けさせ、私たちは

星
二つだけが
明滅して

私だったものは永遠が有する赤い髭を大きくして、人間たちの街を高めながら高い溶鉱炉で石灰岩を熱したが、既にもっと悪いことが起こっていた。神は死んでいて、蛇、イフィゲネイアの石になった祭壇。

これほどの暑さの中で石になったアウリス[二]にひびが走った――新しい森に芽が萌え出た。回帰した記憶の銀の風媒花と回帰する私たちの愛――「深き」港に東風が吹いた。

見よ！　アカイア人の長い髪が風にたなびいている

君は私を愛している
私が君を脱がすのを
そしてこの詩の
一本道で
君を血に染めるのを
君はまっすぐ見ている。

（き）みは
（わたしの）贄の
鹿

一：ホメロス、『イリアス』、第二歌、三〇八―三二九
二：ホメロス、『イリアス』、第二歌、四九六

＊　土居晩翠訳より。

国家文学賞　新人賞　二〇二〇年

# イレクトラ・ラザル

Ηλέκτρα Λαζάρ

## 『聖なる幼児』

*Άγια νήπια*

アパルシス出版、アテネ、2019 年

（11、20－21、25、33、41 頁）

## イレクトラ・ラザル

一九八九年にアテネに生まれ、現在もここで暮らしている。アテネ大学とコリントス大学で学んだ。「TwoParts と集団執筆」という詩のプロジェクトを通して新しい文芸や短編の形を試みている。彼女の詩と随筆は雑誌で発表されており、インターネット上で読むこともできる。詩集『聖なる幼児』で二〇二〇年の国家文学賞の新人賞を贈られた。

作品一覧

詩　『聖なる幼児』アパルシス、二〇一九年

エッセイ　『狼、狼、おまえは私なのか？　形を変えた物語と文学の裏側』キアナヴギ、二〇二三年

# 父方の家 一 帰還

再び皮の焼けたユーカリが香りひび割れた天窓で服を磨いて騒音が一階で話した発砲を受けた壁は板のままだっただが露台に葵が低い声で芽を出し調絃病*気味な歩みを再び消した部屋はしなやかな鞭を静まらせ絞首台は永遠に玩具であって手は再び蝶番の中に閉じこもり流し台の下では悲しみの声が聞こえ老齢の神の怒りに穴を開け再び青ざめた盆から風が吹いて汚された聖画台は余分であり身を屈めてこうしていつも冷酷な犬は君を狩ろうと目に二股の熊手をもっていることだろう。

＊ 或いは統合失調症。

# 遺言人

ここではただ生と死の
見知らぬ近づき難き切株が、そこでは
誰なのだろうか
見分けのつかない光の後ろに捨てられているのは
誰なのだろうか
蝙蝠ではないだろうし
隣人ではないだろうし
何ら大きな奇跡でもない。
掘った山の雪ではなく
死すべき者たちの根と毛でもない。
だが私の閉ざされた露台の後ろで
家畜泥棒と人殺しの赤い手のかわりに
年老いた穴を有しているのは誰なのだろうか。
荒れ果てた村でないのは誰なのだろうか。

その上で平地とあらゆる
鎌を震わせたのは誰なのだろうか。
カーキ色の悪魔の厳冬
スパイは火薬と黒死病
だが彼も今晩来やしないだろう。
コレラは夢に似つかわしくない。
黒い箱は鐘を溶かしに急いだことはなく
その母は悲嘆に沈んだ厚手のウールに
身を隠しはしない。
真実において青ざめた包帯なのは誰なのだろうか。
口中の壊れた音で
請負仕事の墓をかぐわせて
プラタナスの下の死刑執行人の地獄ではなかったが
目には生の神聖を汚した目があるのは
誰なのだろうか。
私は時計の他に
その手に何か言いたいと思う。

ポケットは殺人を滴らせない。
夜の強奪者ではないだろう。
その乳母車は最初で
最後の身体障碍を曳き
一ポンドのブリキの頭ではない。
あの人はその場に掛かって
夏に掛かって
少なくとも子供を救ってくれる略奪品で
それと平穏を建て上げるわずかな土で。
あんなにも発散していく君は誰なのだろうか。
誰も君に丁寧に呼びかけることはなく、
誰も君に聖油を塗ることはなかったが、
誰なのだろうか。
君はもう歴史の無い
あの古い人間だ。
君は死者として死んだ
あの古い人間だ。

君、あの古い人間は
君は父なのか?

# 聖なる幼児

私たちは光の中に壊れるのだろう。
私たちは柔らかい樹皮からはがれ落ちるのだろう。
初心な鎌のように冷酷で
ただ孤独なだけでなく
アルコールの怪物であり
未婚の怪物なのだろう。
至福の場で
何のきっかけもなく
自分たちの制約された愚かな日々と共に
私たちは拡張していくのだろう。
私たちはそこから中へ
乳香から聖像を
半目開きの視線で
閉ざして建てた扉から
疑念を出すのだろう。
年月によって作られた
私たちの上の暗闇で
そして黄金の十字架が
震える首で。
一方から私たちの細い骨の微笑み。
他方から未婚の白いナイフ。
ただ私たちも恥知らずな
多額の負債を抱えた悪魔払いのようにではなく。
ただ引力は肯定と恐怖ではなく
君たちは私たちの小さな
生を喜び歩き回っている。
私たちも自分たちの終わりの時まで
私たちも扉を閉めて閂《かんぬき》を掛けるまで
腹を空かせたスズメバチのように
飛び回るのだろう。

# 郊外にて

この地は無線
人々は半ばの生
昼間は精神的な苦痛
氷は閉じられた国々
鳥たちは大理石
樫は夜行性の震え
影は窓
猫たちは永遠の悲しみ
操縦者たちは噛み傷
不幸は美化されて
そして死は死である

# 約束

私の子供時代は成人で
期待であり
ポケットに革切ナイフを入れて広場で待っていた
~M・アタナシウ「兄弟の傷、デルタ」

コリダロの畑と
一反歩の家々と
アギア・ヴァルヴァラの家屋からは何もない。
もし君が眠りの黒い線で
赤子を窒息させせず
全ての泣き声が雑音にはならないのなら
私の手は遠くなり、私は食肉を吊るす鉤を
作ることだろう。
太古の肉。
癲癇にかかった土。

娼婦と共に帰り
壁の中で麻薬を吸う。
祝祭と主日[*1]ごと
解体された広場の列車。
府主教座[*2]の階段の外で売るのだろう。
晩の中、朝の学校を
反吐に吐く。
鉄の爪をした
影の友人たちがやって来るのだろう。
晩ごと、晩ごとに
君たちの貧しい影の生を。
私は、子供の多い人たちから橙《オレンジ》を受け取りはしない。

＊1　日曜日を指す。ギリシア語で日曜日はη Κυριακή であるが、これは「主の日」に由来する。日本のキリスト教会においても、日曜日を主日と呼ぶ習慣を有する集団もある。
2　キリスト教の一派である正教会における位階の一つであり、高位に位置づけられている。

国家文学賞　詩賞　二〇二一年

# ディオニシス・カプサリス

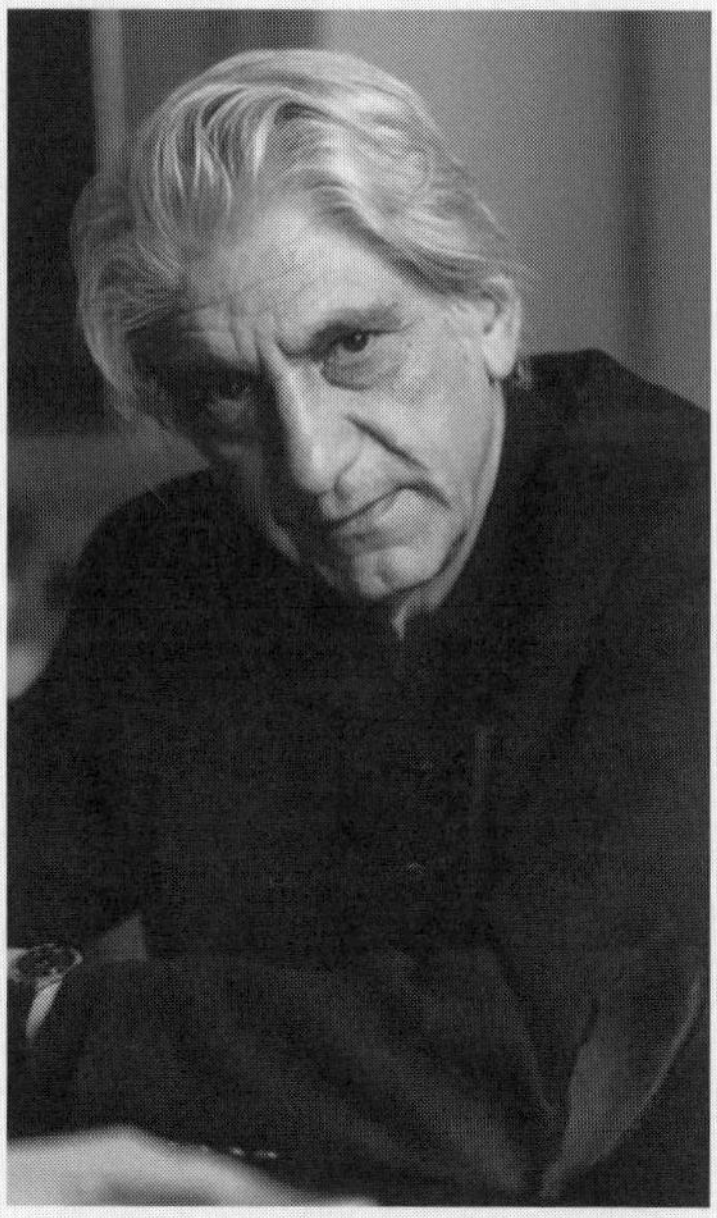

Διονύσης Καψάλης

## 『世界音楽に関する注記』

*Σημειώσεις για τη μουσική του κόσμου*

アグラ出版、アテネ、2020 年

## ディオニシス・カプサリス

一九五二年にアテネに生まれた。アメリカとロンドンで哲学を学んだ（一九七〇—一九七四）。詩歌や研究、随筆や詩の翻訳を刊行している。演劇に関する多くの作品を翻訳しており（主にシェイクスピア）、詩と音楽が結び合わさる創作作品においてニコス・クシダキスの作曲で密接な協働を行っている。国立銀行教育協会（MIET）で一九九九年から二〇二一年まで局長の職責をもって働いた。二〇〇六年から国立劇場の演劇学科で文学の授業で教鞭を執っている。テッサロニキ大学哲学科の名誉博士であり（二〇一五）、またウラニス賞（一九九九）、『ハムレット』で国家文学賞の翻訳部門（二〇一五）、大文芸賞（二〇一七）、そして『世界音楽に関する注記』で国家文学賞詩賞（二〇二一）を贈られている。

作品一覧　詩

『光のミルテ』　プレトロン、一九七八年
『最初の本』　アグラ、一九八二年
『仕事の無い日』　アグラ、一九九五年
『ここそあそこで』　アグラ、二〇一〇年
『世界音楽に関する注記』　アグラ、二〇二〇年
『滝』　アグラ、二〇二二年　等

## しばしの間

No sound is dissonant which tells of Life
S. T. Coleridge, "This Lime – Tree Bower my Prison" *1

私はまた露台にいた
過ぎゆく時を思い
ただ一人、我が脳のイメージと共に。
友人たちが逃げ出して
私は大いなる帰還の途上と
広大な野外の凪で
追いつくことのできない時、
私は、白楊樹《ポプラ》の下に
その枝を私が腰かける穹窿*2に伸ばす
葉の生い茂る菩提樹の下にいられたのかもしれない。
そして私が忘れられた人として住んでいたところで

おそらく少しずつ夜は更けていくのだろう、
そして突然、私は目を上げて
我が身の上にゆっくりと
神秘の使命に身を任せて
照らされた天の船団が航行するのを見ていた
ことだろう。
私はまた露台にいた。
休息と悲しみの時に
世の問いがあなたを見つけ、あなたが
答えを見つけられない時に一人で。

私たちの生のあの「しばしの間」は
夢の中で摩耗して
不死の小さな閃光を残すが、
その音は一体どうやって、
君がこれに耳を傾けることなく
時の騒音に失われていくというのだろうか？

ブレソンのベルシャザールへの苦しみは、
シューベルトのイ長調のソナタ
二十番の Andantino は、
ヘンリー・パーセルのディドの慟哭は、
オッフェンバッハのジャクリーヌの涙は、
或いはシドニー・ベシェの Petite fleur のような
　ものはどうだろうか？
バッハの Erbame dich は、
ベートーヴェンの Molto Adagio は、
ピアノ・ソナタ作品一一〇は、
ガブリエル・フォーレのエレジーは、或いは
ショパンの独立前奏曲《プレリュード》は？　音楽は、もし君が
終わりを迎える不明瞭な生の
騒音の下で耳を傾ける術を知っていたならば
如何にして死すべきものになっていた
というのだろうか？

私はまた露台にいた。
私を包む夜が深くなり
世界の音楽的手芸に
刺繍を施すあらゆる星々が紡ぐ時
私は過ぎゆく時を思う。

＊1　生を語る不協和音に音は無い
S・T・コールリッジ『ライムの木陰は我が牢屋』
2　弓形に見える天空、或いは弓形をしたもの。また弓状やアーチ状の建築構造とその天井。

# Salva Veritate *

私が知っている全てのことは
名前が無いかのような
奇妙なものとなり、愛する顔は全て
消えいりそうな光のスクリーンの後ろにあるかの
ように無言のじっと見つめている姿のままであり、
喜びも悲しみも知らず
何かを期待することもなく、ただそこに
光の後ろでほとんどどうでもよさそうに
待ち伏せていると私には思える奴との
光沢の無い休戦に立っているだけだ。
ただ彼にだけは顔もなく
仮面も無いようで、長年話すことも無く
首をきれいにしている者のように
ただ声だけが
腹話術師のかすれ声だけがある。彼が
口を開く時は、私の顔を持つことだろう。
真実が残される
我が幸運なる代入——ただその時だけ。

彼が影から出て世に名を成す
時のため、人々は何年も光のために彼を
準備をしており、彼に重たい
衣服、サンダル、装飾品、紋章と
称号を着せてやる。
私も同じ地位に留まれるようにと
——滑稽な生き写し
別な言葉で言えば、新しい役割の、
自分自身の推戴《すいたい》という地位の終わりまで
前もって定められた儀礼。

私は言おう。私はこれにも他のものにもなれただ

ろうし、旅をすることも、異なる人や場所、
異なる街を見ることもできただろうし、
何年も遠くを探し求め
異なる恋が私を、心の言葉をもった勇敢な
放浪の騎士を夢中にさせえたことだろう。
その後、我が帰還の後、
昔の view master で見るように
自分自身を立体的に見ることだろう。
我が内なるアルカディアの、
冷酷に釘打たれた
口の利けないイメージの継承は神話、
魔法によって感傷的な物語の中
悲劇的なプロットとハッピーエンドで
調和を与えられることだろう。

では真実は？　我が輝かしい代入によって
ここ、或いは他の世界の条件で

彼に対しても私に対しても有効な、
残されたものとは何なのだろうか？
何も、私の変身か犠牲の
その場所の暗き錆びの如き
ただ小さな染みだけだ。
私に似たものが話した後には何が残る？
沈黙が介護する
これほどの素晴らしい意味から、何が残る？
何も、遠い世界のヴェールを誰かが
引っぱったように聞こえる
この音楽だけだ。
私は、太古の笛奏者が
奇妙なものたちの牧者が、
夜半の雨の対位旋律の中、
音孔に指を意図的にあて
リディアの葬送歌を編むのを、
そして口を開くことの無い形象が後ろの

行進に群がって遠ざかり、
世の境界に姿を消していくのを見ている。

＊ 論理学に関するラテン語で「真偽に影響を与えずに」や「完全なる相互互換性」の意味。

# 墓碑

Arioso dolente *

瞬間瞬間、沈黙が集まる、
最も深い暗闇の中で
光から来たような、ほとばしり出る用意のできた、
凝縮した種、騒音。
夜が減って、遠くから世の音楽を
もたらすのを耳にすれば
(寝ずの部屋に海が
朝の涼しさをもたらすように)、
君のように夢の断片から作られて
夜が明ける前に失われた
人たちのことも考えるがいい。

瞬間瞬間、沈黙が集まる
色褪せることはないと君が言っていたところに、
瑠璃色の印章、閃光。
この君を歓迎する光は
闇の上高きにあり、
善を仲介するのを君が目にすれば、
小さな蜜蜂の巣にも、君が身を屈めて
愛の夜露から飲むとすれば、
君のように儚い崇拝から作られて
昼への道を見出すことのない
人たちのことを思い起こすがいい。

瞬間瞬間、沈黙が集まる、
深い波、世界の
新しい振動、光が肉体の不平と
出会うところで思いがけない曲線。
新しい苦痛がやって来て君を見出せば、

息を引き取った昼間が
柔肌に夜想曲の刺繍を施すのなら、
君のように昼の泡から作られた
奥底からは決して目覚めることのない
人たちのことを考えてくれ。

＊　イタリア語で「嘆きの歌」の意味。

# 全世代が

銀の額縁の中で
家具が吸い寄せている他のものの
ようには色褪せず、
或いは家族のアルバムの中で
枠に囲われてないものは
ゆっくりと死んでいく、
喜びと悲しみの祈念行列だ。
結婚、洗礼、祝祭、そして
急いでかけつけた産院、
即興の花瓶で親戚の手が
花束を作ったように
破れたセロハンから
動揺の沈黙したモニュメント。
かように人目につく角で
残っているにせよ並べられてあるにせよ
絶望感と共に
私たちの人生の奥底に何年も
潜んでいる竈《かまど》のある祭壇となり、
ただ一度だけ姿を現すかもしれず、
何か意味を思い起こさせるものによって
目もくらむ光の中で取り除かれる者の
空虚な眼差しが、幾たびか
弁護者たる手が透明な膜を剥がす。
目の近くに半ば消えかかった顔を、
場所と日付の注記を
もたらすために。
そして全ては、カラーにせよモノクロにせよ
おそらく忘れられることを欲していて
若さに固執することはなく
君を憐れんで色褪せていく――
「ねぇ、私たちも年取ったわね」と言っている。

だが、コンピュータの硝子の中で閃光を
放っているものは色褪せることがない。
これらは非物質的で時空を超えており、
この世の狼狽えた
覚書の中で永遠に保存され、少しの間
人を欺く不死の模擬戦《シミュレーション》を
成し遂げて、肉体というこの
無意味な舞踏が続く限り、
キーボードを整理する指、
蝶の羽の鱗粉。

ここ、私たちの人生の新しいスクリーンには、
古い写真は存在しない。
誰も来ず、誰も去らず、
病気にならず、病気が治ることもない。
その輝かしい表面で
時が麻酔を転がすように
私たちは生者も死者も
死という永遠に退いていく。

# 蛍

世界を照らすものがその顔を
われらに蔽《かく》すことのいと少なき時
地獄篇、第二十六曲、二十六―二十七*

どうすれば思い出すことができたのか？　あの夏
私の母は死ぬことになっていて、後には
その息子のパンデリスも。あの時は六月で
ゆっくりと動く大きな昼間と
小さな夜半、一年の中で最も大きな
昼間と最も小さな夜半、
そしておそらく少なくともあの時までは
最大の慰めを有していた甘美な月。夜半も更ければ
あの山村の端の小さな石の家は
夜の奇跡の中開けっぱなしのまま
吸い込んで、誰も何も隠すものはなく、そして
涼しさに満ちた初めの闇がかすかに落ちていた
ように。

何か穏やかな熱情から来たように夜は
――或いはまだ苦痛になっていない苦痛との
さりげない交信は――
多くの小さな蛍に解き放たれた。
何千もの小さな蛍が大小の悲しみから
誰が何を知っていようか、
憐れみ深い忘却を祝う蝋燭のように、
ますます煌めきで震えながら輝き
ひっくり返った小さな天が
自分たちの間で黙ったまま話しているかのように
互いに身を震わせ合って、
或いは高みから復活の煌めきが

＊　ダンテ・アリギエリ『神曲』「地獄篇」の中山昌樹（一八八六―一九四四）訳より。

野外で復活祭の夜に火をつけるのを
（喜ばしい音や人間らしいお話には
到達できない沈黙の場所から）
君は見るかのように。

満天の空の下で私の最後の
祝祭が起こるところで
儚い不死の蝋燭の
全てに火をつけ、その後で消した者。
私が問う時は何かを問い誰かを問い、
答える者は、何千もの声無き蛍が
何を言っているのかを聞くことのできる者、
我が母が、その息子のパンデリスが
死ぬことになっていた夏、
そして六月の最も大きな昼間であり
夜は最も小さな蛍を産み出した。

# 名前

And brightest things that are theirs…
Thomas Hardy, "During Wind and Rain" *1

彼らは崩壊少し前の僅かな
時間かもしれないが、速やかに行ってしまい、
彼らの足下に大地は震え、
その深い唸り声を聞いていたかもしれない。
それらの上の天の影は
重く、穹窿は
くるくると回り、神の紡錘が
光の杼《ひ》*2を通って人々の暗闇を
紡いでいる糸車。

彼らは持っていた高価なものを奪い取り
船や小舟に
装飾品、像、布、
武器、調理器具、
記憶、声と名前、
全ての輝かしいものを詰め、
空っぽの街を
溶岩と灰の哀れみに打ち捨て、
大きな波に飲み込まれる前に
立ち去って、間に合って、できる限り遠くまで
航海しようと戦いつつ、
他の街の中の青い螺旋が
海の顎と
その苦々しい腸の下で開く。
見えるかい、道の真ん中に曳かれたように
木の寝台が一台、
誰かが家移りしたのに
まだこれを取りに戻っていないという痕跡。

かくも劇的な万象は
私たち自身の生を切り拓きはしない——ただ
慣れ切った、偶然のこと、
悲しみ、死、病、
或いは別離、主にこういったこと。
そして見えるかい、突然
集合住宅の入り口に
木箱に、袋に、或いは量り売りに、
集められた前世の遺品、
紙、本、服、道具、他の
君自身の輝かしいもの
そして君はこれらを次の家に移す。だが君は
新しい住まいの呼び鈴に
名前を書くのを忘れている。あたかも
あの見慣れない偽名でいつでも
他の誰かの家の戸を叩かせようとしているかのように

（マグダ、マリオ、ケイティ）
或いは君がもうそこにいなくなった時になって君を。

＊1　そして彼らのものたる極めて明るいもの
トマス・ハーディ「風と雨の間」
2　機織《はたお》りで横糸を通すための道具。

国家文学賞　新人賞　二〇二一年

# スピロス・グラス

Σπύρος Γούλας

## 『人は去年のいいのを身に着ける』

*Τα περσινά τους βάζουν για καλά*

ポリス出版、アテネ、2020 年

（30－32、35、36、42 頁）

## スピロス・グラス

一九九一年にアテネに生まれた。パトラ大学の電子情報コンピュータ学部と情報学部で学び、プログラマーとして働いている。処女作の詩集『人は去年のいいのを身に着ける』で二〇二一年に作家協会のヤニス・ヴァリヴェリス新人詩人賞と国家文学賞新人賞を受賞した。

作品一覧　詩　『人は去年のいいのを身に着ける』ポリス、二〇二〇年

# Pressure Love

君を愛している
潜水艦でも到達できないほど
そして巨大な顎をした
額に催眠性の光をくぎ付けた
珍奇な魚しか生きていないほど
終わることなく深く
計り知れないほど愛している

君を愛している
完成したベンガルの轍や
ピンと張った指が
平手打ちを食らわすように
真っすぐな線で愛している。

君を愛している

余剰があり、折よくあったもので
極々わずかな時間で
扉が閉まる前に
完全にその場しのぎで愛し、
君を愛すに間に合った。

君を愛している
縫い目がほどけるように愛している
諸事物の破滅において
肉体の枯渇において
シャツがほどけるように
私自身も衰えて終わってしまうように
君を愛している。

極々わずかな時間で
大きな顎をして
私は間に合わせる。

スピロス・グラス『人は去年のいいのを身に着ける』

# そして手に牛乳一杯

緑の光輪を有する
右手から。
自分もまた賢くて興味深く
あろうと
努める他の肖像の間に
何かの賢い肖像画。
そういったものがたくさんある。

かつて私たちは互いに痕跡を残し合い
今では私は君に poke するのもしり込みしている。

時に像は変わる。
私はまだ stalk している。

君は髪を染めて
私たちが行ったことのある店で
猫と、皆と selfie。

Post を post
縫い目は破れて
私ははじめから
私たちを流血させる

古傷が疼き始める。

# ナニカの爆発

私は鈍い希望に
翼に、刃に
私をこの地に縛りつける
把手の現在形を空虚に彫るため
繁栄を傾かせる。
空虚の抱擁から
窓枠まで
階段を測るよう
私は留まっている

私は立ち去る
自己を開き
故郷を離れる

# 防水ではないが
# 自分の仕事をしている

私は君に君自身の
紙の、曲がった、小さな船を
広げた。

溺れる五秒前
笑ってはいけない
掟も言うように
「無限の時」は
絶対に笑ってはいけない。

国家文学賞　詩賞　二〇二二年

# タナシス・ハジョプロス

Θανάσης Χατζόπουλος

# 『工事中の国旗』

*Υπό κατασκευήν σημαίες*

ポリス出版、アテネ、2021 年

（11、21、29、35、43 頁）

## タナシス・ハジョプロス

一九六一年にエヴィアのアリヴェリに生まれた。詩人であり翻訳家であり、児童精神科医であって、精神分析学者である。アテネで生活し働いている。その作品の全体を通してアテネ・アカデミーより賞を贈られ（ペトロス・ハリス、二〇一三年）、『歴史的に、今ある者』という書籍で国家文学賞の短編賞を二〇二一年に贈られ、詩集『工事中の国旗』で二〇二二年に雑誌「オ・アナグノスティス」の詩賞を、同じく二〇二二年に国家文学賞の詩賞を贈られた。彼の詩は十二の言語に翻訳されている。二〇〇三年にはスペインでビセンテ・フェルナンデス・ゴンザレスによって翻訳された『薔薇のための言葉』という詩的スケッチによって国家翻訳賞を贈られ、二〇一三年には『独房』という彼の書籍の仏訳でマックス・ジャコブ外国書籍賞を受賞した。二〇一四年にはフランス共和国より芸術文化勲章でシュバリエの称号を贈られた。

作品一覧　詩

『眠り』　カタニオテフォス、一九八八年
『掟』　カタニオテフォス、一九九八年
『独房』　ト・ロダキオ、二〇〇〇年
『歴史的に、今ある者』　ポリス、短編賞二〇二一年
『工事中の国旗』　ポリス、二〇二一年　等

# 集団の墓

私たちはまっすぐ死に向けて歩んだ。文字順、亡くなった順に。文盲者たちが終わりも中間も知らない、規則も始まりも知らない文盲の暴力を統治している場所に向かって。私たちはまっすぐ死に向かって歩み、おそらく私たちを定めたのは悪魔と神々だ。敵の名前で。その決断は、どのような手段を用いても目的をもたらす怪物の中にあった。私たちの世代で残っていたものと何年もあらゆる生気の中に保たれていたものを消すこと。死体を積み上げること。成員は以下のとおり。アタナシオス・アレクサンドル、三十三歳、ゲオルギオス・アダマンディウ、三十一歳、エレフテリオス・ディケウ、三十歳、ヴァシリオス・コンスタンディヌ、二十三歳、グリゴリオス・グリゴリウ、二十一歳、ソティリオス・パナギオトゥ、二十歳、アナスタシオス・ニキフォル、二十歳、イェラシモス・アリストヴル、十九歳、ディミトリオス・ニコディム、十七歳、フリストフォロス・ヨアヌ、十五歳。男たちは皆順番に並べられている。こうして鉛筆を吐き出して初めと最後のために向かいで遺体を書いていた炎に向かい合った男たちを、黒い雲はこの遺体を纏っていた。死に対し記憶する暴力の無秩序を。私たちは低くて鈍い雑音と私たちが一度も向かい合ったことのなかった海から、深い挨拶で互いに藺草のように高め合っていた。私たちの籤《くじ》は血筋の断絶。十×二十の深い穴を掘って、私たちを腐乱死体のように中に投げ込んだ。夜明けはさらに黒ずみ、夜から夜に夜明けなく落ちていく、光は間に合わない。夜が明ける前の夜明けは、彼らの顔まで、目の奥底までわずかに私たちの頭を照らして、別な生に私たちの反射を送ったのであった。初めから私たち皆を墓から英雄たちの銘へと書き込んでくれたもの。

# 慰霊碑

乳香樹を伴う
乳香樹の樹液を伴う
乳香樹の根の下のアネモネを伴う
乳香樹の根の傍のシクラメンを伴う
乳香樹の根の土での
聖墓行進のように

# カミニム・エガ

彼らは乾ききった水槽に埋まった。私は、狭い狭い入り口から入るのに間に合わなかった。葡萄酒を満たした樽の間の壁の高台の後ろの影の有する一つになった。彼らは赤子の泣き声をあやすことができず、裏切られてしまった。その時、麻屑を見つけ、火口を湿らせて爆薬を詰め込んだ者もいた。水槽は巨大な溶鉱炉《カミニ・メガ》*。その場所は腸に雷が鳴り響いた。叫びと煙を、疲れた肉体を、天まで届く炎を満たした。彼らは責め苦においてその生を失い、炎の中に私の声は失われた。私に話しかける舌はなく、私が影によって彼らと共に焼かれたことについて、その目が近くで見たことを話す声も無かった。群衆は夜ごとに私の眠りを彷徨し、私の考える力を無に帰させる。半ば生きている者たちのまさに後ろに留まっている者たちと共に呻き声によって目を覚まし、私は永遠に半ば死んでいる。

＊　本詩歌の主題「カミニム・エガ」はKAMINIM EΓAというギリシア語で意味をなさない単語であるが、単語を切る場所を変えてKAMINI MEΓA（Καμίνι μέγα）とすると巨大な溶鉱炉という意味を有するようになる。

## 生き残った者たち

彼らは残りの人生で
時には胸元深くで自分たちを窒息させるか
時には自分たちの真実に自由へと向かう
生の促進を与える目に見えない昂揚によって
苛まれることになるのだとわかっている。

# ネボイシャ[*1]での挽堂課[*2]

十三

私たちは何年も山で生きた
街で何年も
私たちは雪を生きた、多くの春を
そして山々は
世紀の金剛石のやって来た
重く、先の尖ったものを
完全に伴った。
そして息づかいを断ち切り、
私たちに凍り付いた目をくぎ付けにしていた
自分たちの憂鬱の中で
自分たちの疎《まば》らな大気の中で
私たちの胸を締め付けていた。
鷲と共に
私たちの歴史を純粋だと評価した。

十四

死を扱う者たちは
呪いと祈りが
他の人たちに
人道的に割り当てられており
日常の財産だと言わんばかり
こういった人たちは皆
自分たちが与える死を見出すのだ。

＊1　セルビアのベオグラード要塞に残っている中世の塔。
2　正教会の奉神礼の一つであり、夕食後の奉事を指す。

# 一台の鏡
# 現代のギリシア詩のために[*1]

文芸批評家　ヴァンゲリス・ハジヴァシリウ

手元の詞華集の詩人たちは、大なり小なり、多くの十分に異なった世代を代表しつつ、一九七四年から私たちの時代までのギリシア詩の歩みを描き出している。だが、基本路線における この道程の停車駅とは何であり、これらの世代を明確にしてくれる基本的な特徴はどのように異なっているものなのだろうか？　第二次世界大戦と独軍による占領、そして内戦の不安により、加えて一九五〇年代と一九六〇年代という殊に動乱の年月によって養われた戦後の第一並びに第二世代の詩人たちは、二十一世紀に触れつつ、最重要な戦後第二世代の中で幾人かを含んでいるこの詞華集からも明らかなように活動的で政体変革的であった。ナチズムという劇的な経験の後での倫理的な意識の明白な敗北に失望した人々、とりわけ左派の抜本的に新しく生き生きした力、実際に世界を変えるという役割を演じる能力に関して慎重な人々、抑制された不完全な言語で話そうとしている人々といった戦後第一及び第二世代の代表の多くは、詩の運命を継続した諸価値の転落から逃れることのできない社会の運命に、最終的には万物の暴力的な否定に直接結びつけることだろう。もちろん同様に、他の個人主義的な傾向もこの路線で形成されることになる。実存的、形而上学的、恋愛の不安げな声による、そして暗号の持つ暗示的な雰囲気や多様なシュール・レアリズム的な試みや努力としての明晰で状況の制限を伴う抒情性によるものである。

成人、つまり政治的覚醒を呼びかけられた時に独裁期の最初の成熟を迎えた人々は、若い世代の詩人であって戦後第一及び第二世代の子孫であり、この時代の子供たちとして提示されることだろう。多様な形で歪曲した結果を伴うギリシア社会の現代化、そして繁栄というイデオロギーによる国際的な残響が決定的にその痕跡を残している。中間媒介の無い、ほとんど話し言葉で、詩的なイメージと矛盾の氾濫によって、そして故意に溢れる断片的な散文によって、若い詩人たちは、発散される社会的な不和とかかげられたスローガン、そして激しく外交的で挑発的な言語に基づいて、辛辣且つ広範に提起された「懐疑の精神」について語って批評をしつつ、ほとんど直接に拡張したイデオロギー的で表現力に富む分派へと向かうことだろう。それにもかかわらず、初めの中心的な運動に後になって加わりに来た人々と共に、若い詩人たちは徐々にあらゆる怒りというものを捨て去っていったのだった。死の脅迫（現実のものにせよ空想のものにせよ）と恋の苦々しい味に関する悲痛な告白、夢と記憶がどんなものであるにせよ、逃避行を暗示しきれなかった内的世界の告白から始めて神話とオリジナルなものへの帰還を達成するまでに、一九七〇年世代の詩人たちは集合的な座標の無い一つの場所で、つまりただ個の消費が花開く場所で動いているのであった。彼らの詩的形成においては、言語という演出が支配的である。誰かがこの方向を見る時に最初に意味を有するものは、自己と存在の内奥への帰還がまさに社会と政治の地平を消してしまうということではなく、大都市、或いは生まれ落ちた田舎における憂鬱な彷徨という形式を得ることによって——田舎、これは理念上共有しているはずだ——時折詩人の個人的世界の深みにまで達し続けるということである。この田舎というのは、現代の生の息苦しさと重圧からの解放を提供してくれるものだと言われている。この点から更に同心円は印象的に拡張されていく。これは、沈黙によって、原初的神話と女性という性、不確かなものとの闘争に至る自然の組織的形成によって、そして減退していく言語の意味によって、また卑小で日常的な劇によって、或いは都市の衰退を描くことによって拡張されていくのである。対象や人間身体の恐ろしい側面、或いは神秘的で哲学的な凝視による内奥への耽溺さえも存在している。

この制限の下、新しい世代が一九八〇年代の間で詩的舞台に飛び込んできた時には、充足した個性化のための土壌がほとんどできあがっていた。更に内向的で、閉じられた空間の明らかに激しい感情をこめて、今デビューしている詩人たちは、直接先行する人々においてもそうだったように、私たちが恋と詩に出会う二極においてほとんど抑えきれない存在の不安に段々と達していくために、孤独と個人的な袋小路をあらゆる強勢をもって宣告することをためらいはしない。今やそれにもかかわらず、恋と詩の天秤は、外部への出口に蓋をして裸の自分自身に向かい合う自我を定立する、ある種の排他的支配を獲得することになる。詩そのものに関しては、この種の光景において神聖な性質を獲得し、芸術家の内的な力だけでなく他者と交わされる芸術家の対話という特権的な対象になることも避けられない。それ故、集団の像から例外的に何かを保っておこうとする時には、極めて控えめで間接的なものを実践する他にないある世代に属する各々とその武器は、警句と書籍という象徴を用いつつ、詩の純粋性と社会の周縁に押しやられた人々の運命の中に神話を探し、或いは詩的な主観のひび割れた鏡に映る混濁した反射を通して周囲を理解しようとしている。この位置の正確な対蹠地においてこそ、ミニマリズムとミニアチュールの詩が発展することになるだろう。特徴的な細部や完全に偶然な瞬間への世界の退縮、蒸気へと変わっていく現実、電光石火で描かれるスケッチ。一九七〇年世代にも見られはしたのだが、このレベルから始まってさらにこのレベルを超えていく多角性と多元性への継続した歩みは、今回はさらに混沌とした流れを伴うものである。ここでも再び全てが関わってくるのである。ますます多くの爆発的物質が混ざり合っていく継続した詩的創作の工夫、詩的思考を経由した感動の追求、意識の切断と分割、充足に到達することに対する魂の無力さの比喩としての肉体、腐敗と虚無の認識の接続における日常生活の歪狭さと死と存在の不安、耽美主義の表現としての耽美主義、感情表現としての官能、抒情主義に最度接近していこうとする努力において与えられる形態を持った玩具、詩の規則の言語的、イデオロギー的な固定観念の解体、或いは明晰な言葉で素描される高潔な光景。

一九九〇年代の終わり頃に、伝統に対し偶像破壊的で内向的な同化をほとんどすることなく詩壇に現れた詩人たちは、それにも関わらず開かれていて発展の下にあった側面において自我と主観性という制限によって発話資料の収集を行っているようだった。

二十一世紀の次の十年間に国家賞を受賞した詩の本は、先に言及したあらゆる世代に由来する詩人たちに属するものである。もし二〇一〇年から活動している人々とさらに初めて現れた人々、換言すれば新人賞を獲得した詩人たちを彼らに加えるなら、この詞華集は直近の出版において刻印されているようにここ四十年の詩の鏡として機能していると言っていいかもしれない。歴史的な深さを隠しはしない異なる世代の声の現代的なスペクトラムであり、昔の詩人と若い詩人が剣を交えるためではなく、ギリシア詩の過去と現在、そして未来に関する議論を生気にあふれたものに保ってくれる、主題と言語の混合という王笏の下での成功を統合するために入ることになる雨除けの屋根なのである。

だが、私たちはこの王笏において何を見る必要があり、どのようにこれを見ざるを得なくなるだろうか？　戦後第二世代から、そしてその近くの年代にいる詩人たち（ゼフィ・ダラキ、カテリーナ・アゲラキ・ルーク、マルコス・メスコス、アンゲリキ・シディラ）から始めるなら、主題のモチーフと詩の状況が収斂していく方法を見るのは困難なことではない。強固な不在の感覚、個人的なものであれ集団的なものであれ感嘆、失われた時と現実の持続的な腐敗との闘争、夢の残骸と食肉的存在の形象、かつては全てであり今では死の予兆としてのみ現れる恋、そして抒情の勝利の高揚が注意深く隠された絶望の叫びに覆われている、減少することのない全盛の自然。エピグラムの文体と響きが支配的である詩的好況を創り出しつつ、第一世代の情報に当たるように指示を出しつつも詩的言語の豊饒さに絶えず凝縮していく、消え去ることの無い第二次世界大戦と内戦の記憶という機能の観点でも考えてみようではないか。

七十年世代の代表たち（パノス・キパリッシス、ヨルゴス・マルコプロス）は、彼らが明確により個人化されているという事実にもかかわらず、異なる路線を辿ることは無かった。個々人と現実の敗北、内側の人知れぬ悲しみ、ほぼ天地開闢から与えられていた然るべき孤独、継続した破滅への慟哭、日常の現実に耐えかねている人たちは皆暴力的に生の余白に追いやられているが、遠い過去になりつつあるとはいえ未だに悲痛な爆弾であり続けている内戦、病の恐怖と死の恐れ、そしてこの世界の感覚的な手触りを表現し続けている恋の疲れ知らずな表象が、その充足のためにかくも新しい枠組みを作り上げている地平を凝縮して描写している。

一九八〇年世代（フロイ・クチュベリ、パンデリス・ブカラス）と共に主題の音階が拡張し、詩的な理念はさらにプリズムのようになっていく。記憶の幻想に囲まれつつ、家族と自伝的な言及でもって詩人たちは詩行に対し憂鬱と別離、内側からの老成の物語を展開し、悪や打消しと対話をし、巨大な虚無へと進んで行く。登場人物の多い物語でもって、ギリシアなり外国なりの文学の形態における多角的な脚注で、そして第一に詩人と言語の結びつきが照らし出される詩という形態で、一九八〇年世代はしばしば言われているように、第二線において、神話の神々や英雄たちを彫りながら、或いは第三線においてはポップ・ミュージックを聞くのを再生産しながらも、恋愛を無視することはない。

文学上の世代というものが殊に十年毎に変わるのだと言っているわけではないが、最近且つ最新の世代を検証すると、詩人たちの誕生した十年単位に基づいた分類は、一般的な理解だけではなくて各々の年齢層が代表する時代のよりよい理解の助けとなる。そうして、一九八〇年世代の詩人たちが一九五〇年代の終わりか次の十年の頭の間で生まれているとしても（第二戦後世代と一九七〇年世代の詩人たちは厳格な年齢差を表している）、彼らに続いていく詩人たち（ディミトリス・アンゲリス、クリスタリ・グリニアダキ、トマス・ヨアヌ、ソフィア・コロトゥル、エレフテリア・キリツィ、スタマティス・ポレナキス）は一九七〇年代頃に生まれ、自分たちの詩の活動を決定的に歴史の文脈に置いたという意味では集団性に回帰しているとも言え、また精神の苦しみとニヒリズムの経験を再度定めているという意味においては実存主義の主題に回帰したとも言える。第一面として、歴史関係と現代の政治的環境は、両者ともとりわけ個人化され、その内側で暴力と迫害が支配している扇動的な政治的崩壊に帰結することになる。その間で、この傍らで、存在が下落してくる下降への、青春との憂鬱な別れへの、好ましくない未来に逃げ込む恋愛への、危険にさらされた生への（苦痛でぽかんと口を開けている穴に向かっての不快な退却）、或いは他者に対する――いつだって演劇の舞台の中央にはいられない誰か――宙ぶらりんジェスチャーへの、不吉な道が開かれるのだ。私たちは詩の第一の素材に変えられる重要な歴史的出来事として十月革命やスペイン内戦、そして両世界大戦だけでなく、ヨーロッパの移民やホームレスから中東における人道危機に至るまでの政治的動揺という今日の舞台を含めねばならないだろう。理想は血の中に溺れて音を立てて崩壊し、ヨーロッパは思い上がり、教養のある市民たちが様々な方法で罵られる。詩の語りに関しては、多くの波乱と表情があり、むらっけがあって罠にはめるような態度であり、皮肉的であって隠されている――状況によっては都会的なものであったが、sotto voce[*2]の告白によって、都市という地理を活かした詩か裸にされた表現によっておそらく向き合わざるを得なくなる疑いと拒絶という雰囲気を恐れることなく古い詩人たちと出会うための一本道を探すことで、歩格と押印という内的なリズムに対する尊敬を減じてでも韻律に回帰するということも除外しはしなかった。

殺戮と漆黒の闇において（全てが腐敗に食いつくされ沈み込む）、実存的批評が自己定義と他者定義の偉大な創造への準備不足によってなされることになるこの詩の本を、一九八〇年代と一九九〇年代頃に生まれた若者たち（フリストス・アルマンド・ゲゾス、フリストス・コルチダス、トドリス・ラコプロス、ダナイ・シオジウ、トマス・チャラパティス、マリア・フィリ）に触れることで閉じようと思う。この主題においては他のことも考えねばならないだろう――つまり対物で自然的で田舎の世界、そして情報の無い惑星の空間を私たちが採用する局地的な小世界を。意思疎通の崩れた街々の懸け橋となろうとしたことや無への無限の訪問、恐ろしい家族のイメージや子供時代の記憶の混沌とした幻想を忘れないようにしよう。この集団に属する詩人たちは科学技術のレベルにおいては、冷笑的な浪漫主義の特徴や各々の詩的な登場人物たちを作り出すこと、距離をおくためにブレヒト的な典型を用いることや散文的な物語の発展、そして歴史的時空への跳躍や継続した不慮と無意識、そして非人間化された風景と引き裂かれた形象の形成と激しい比喩的な内容を備えたレアリズム的なイメージに向かって、つまり止まることのない抑えきれない流れを通して非論理的で専制的なものを包み込む抽象的な概念に向かうように、他のイメージの中で爆発するイメージといった、これら全てに向かって逃げ込むこともできるのである。いずれにせよ、ここに私たちの明日の詩の基礎が存するのであり、その形を得ることができるものが何なのかは誰にも想像することもできないのだが、私たちが政体変革的な詩の歴史からこの現在の中に孕まれているものや後に来るべきものに至るための接続が存するのである。

＊1　本文章は二〇一八年までの作品に対するものである。
2　ソット・ヴォーチェは音楽用語で、「ひそかな声量で」を意味している。

# 訳者あとがき

福田耕佑

本翻訳は「日本ギリシャ文化観光年二〇二四」の記念事業の一環であり、本事業によるギリシャ共和国外務省の助成と各関係機関の助力を受けて出版されたものである。二〇一〇年から二〇一八年までの作品に関しては、底本として文化スポーツ省をはじめ関係部署が編集に携わった《ΑΝΘΟΛΟΓΊΑ ΙΙ. ΠΟΙΗΣΗ》(Αθήνα, 2020)という一冊にまとまった書籍を用いた。本翻訳に含まれている序文や解説は、この底本に収録されているものである。二〇一九年から二〇二二年までの作品は、改めてギリシア外務省並びに駐日ギリシャ大使館より本翻訳書のために翻訳を依頼され、新しく追加したものである。今回翻訳した《ΑΝΘΟΛΟΓΊΑ ΙΙ. ΠΟΙΗΣΗ》と同様に、いつかは二〇一九年以降の国家文学賞を受賞した詩人たちの作品もまとめられ、一冊の書籍の形に編集されることだろう。

原題の《ΑΝΘΟΛΟΓΊΑ ΙΙ. ΠΟΙΗΣΗ》をより正確に翻訳すれば『詞華集：二、詩』ほどの意味になるが、本翻訳の書名として『現代ギリシア詞華集』という題名が与えられることになった。そもそも二〇一〇年から二〇一八年までの国家文学賞の短編部門を受賞した作品を収録した『アンソロジー：一、短編』という姉妹本が先にあり、この本の存在を前提としないと『アンソロジー：二、詩』は意味をなさず、現行の書名である『現代ギリシア詞華集』になったという経緯がある。日本における現代ギリシア詩の重要な翻訳者でいらっしゃる東千尋先生の訳書に『現代ギリシア詩集』（Ανθολογία Νεοελληνικής Ποίησης）という、ギリシア語で見るとさほどでもないが、日本語で見ると幾分タイトルの似たご本が存在するが、そちらは古典的な現代ギリシア詩（形容矛盾？）の作品が相当量掲載されており、読者の皆様には是非そちらの作品もお読みいただければと思う。

このギリシアの「勅撰和歌集」とでも言うべき詩集に込められた願いや期待される役割、そして現代のギリシア詩壇を巡る状況に関しては既に本書に掲載されている解説で十分であろう。とはいえ、ここに収録された詩歌群が多様な詩人の手になるものであるというだけでなく、編集者による恣意的な取捨選択を経たものであるということも鑑みた時に、統一的で網羅的な解説を書くこともまた逆に紙面の都合で一つ一つの作品を解説していくことも困難を極めるということは十二分に理解したうえで、訳者の私からも解説にかえて二点ほど付言しておきたい。

この詞華集が対象としているのは、二〇〇九年から二〇二二年に刊行された詩集である。私と同世代の方（或いはそれ以上も）が現代ギリシアに対して抱く印象の一つに、二〇一〇年に明るみとなったギリシア経済危機があるだろう。ギリシアは一九五〇年から一九七三年にかけて日本に次ぐ成長率第二位を誇る「ギリシアの奇跡」とも呼ばれる経済成長を示していたにもかかわらず、この二〇一〇年の経済危機が私（たち以上の世代）に現代ギリシアのステレオ・タイプとして与えた印象はあまりにも大きかった。だがこの経済危機に苦しみ、またこの経済危機から立ち直っていく二〇一〇年代（最後はコロナ禍だったが）を駆け抜けたこの国家文学賞受賞作品たちに、私は明確なギリシア経済危機の影を読み取ることはできなかった。

ヴァンゲリス・ハジヴァシリウ氏の解説にもあるが、ここに収録された詩人たちの関心は自身の内面や恋愛、そして家族に至る私的なものから、古代の神話や歴史を題材にしたギリシア史、そして国際情勢や西洋文化にまで及んでいる。しかし、例えばクリスタリ・グリニアダキ氏の作品に見られるように、国際社会を鋭く風刺し告発したものはあれど、目の前のギリシアの社会や直近の経済危機とその影響はこの詩人たちの作品の中には直接的には見られなかった。「国際」的なものや「ヨーロッパ」には直接的に言及した詩が選定されているのとは大いに異なり、直接に自分たちの現代のギリシアとその社会に直接明示的な形で言及した作品は見られなかった。もちろん、これは詩人たちが自分たちの詩において自分たちの社会とは正面に向かい合わなかったということを必ずしも意味するわけでもなく、外国に現代のギリシア詩を伝えることを主目的にした「詞華集」を編纂した編集者の選択が働いたということもあるだろう。とりわけ二〇一〇年代のギリシアの証を見たかった私としては、「私の見たいもの」と「詩人が描きたかったもの（経済危機や当時のギリシアの状況を書くこと、または告発することを強制されてはいない！）」と特に「編集者が『国家文学賞』の受賞作品として外国人に見せたかったもの」に大きな隔たりがあった、という印象を抱いている。詩人たちは自分たちの社会にも「ヨーロッパ」社会を取り上げたように直接的に自分たちのギリシアを歌いあげたとは思うが、編集者の方々が外国人にギリシア内部の「ローカル」なことを見せても仕方がない、或いは伝わらないと思ったのだとしたら、それこそplus c'est local, plus c'est universelだったのではなかろうか。

次に、マルコス・メスコス氏の「鳥」という詩を代表に、この詞華集には古代ギリシアを題材にした詩が多く含まれている。古代ギリシアが現代ギリシアの民族意識形成に与えた影響の甚大さは計り知れないものがあるが、それでも中世・ビザンツ時代やギリシア正教も古代ギリシアに劣らない程に現代ギリシアの基礎になっているのだが、後者を題材にした詩の作品が本詞華集においては異様に少ないということは指摘せざるを得ない。これは、「英語やフランス語、そしてスペイン語といった所謂主要な言語」（本書十二頁）を有する国々で翻訳されることを念頭においた本詞華集にとって、それら文明に共通の「西洋文明の祖」たる古代ギリシアを推すのはこの書籍の有する外交的な目的を鑑みれば当然のことなのかもしれない。

それでもマルコス・メスコス氏の「鳥」には、訳中に示したようにトルコ語に由来する単語が見られた。十九世紀の教条的な知識人たちによる言語純化運動の中ではトルコ語やスラヴ系言語などからの借用語は古代ギリシアを先祖とする（現代）ギリシアにとって「非文明的なもの」でふさわしくないものとされて古代ギリシア語に由来する表現などに置き換えられていった。それでも十九世紀に文語を用いて作品を執筆した新アテネ派を代表する作家であるヨルゴス・ヴィジノスは多くのトルコ語やスラヴ系の言語に由来する卑俗な単語を用いたように、ギリシアの文芸と中世と近代を経た歴史は切っても切り放せないものである。一般にギリシアの国外においては残念ながら古代ギリシアと現代ギリシアは断絶したものとして見られる場合も多いが、本詞華集に取り上げられた詩歌は、古代のギリシアの文物が歴史の経過の中で装いを変えつつも同じギリシアの文芸の中で生き続けていることを証していると言っても過言ではないだろう。つまり、古代ギリシアという輝かしい西洋文化の根源に依拠しつつ「編集者が外国人読者に見せようとしているもの」とそんな都合とはお構いなしに「読者が受け取ろうとするもの、或いは読者の常識」には大きな違いがあるということである。

ああ、ギリシア共和国から予算をいただいて出版する記念事業にはあまりふさわしくない訳者あとがきになってしまったかもしれない。これが、本当にギリシア詩の「魅力」を伝えることに貢献する訳者のあとがきだったのかと思うと非常に心もとない。ここに含まれた詩が現在のギリシアの文学シーンを読者に伝えるものであり、卓越した選定者たちによって選び抜かれた良作であり、何より訳者本人の私が翻訳を楽しみつくしたということは私が書くまでもなく当然のことであって、それは私以外の解説が十分に書いていることでもあり、それを私がここで書くということが「魅力」を伝えることに貢献するとは思えなかった。とはいえ、その魅力を伝えるという仕事は何も私一人が担っているものではなく、日本においては池澤夏樹先生や中井久夫先生、そして東千尋先生や山川偉也先生や茂木政敏先生をはじめとした偉大な先人の先生方のおかげで、現代ギリシアの詩人たちの作品は日本語に翻訳されている。この『現代ギリシア詞華集』もこれらの業績の上に成り立っているものであり、決してこれら無しに成し遂げられるものではありえなかった。このことだけはこの場を借りて皆様にお伝えしたい。

ギリシアにおいてはシニアの世代の詩人たちも飽くことなく貪欲に作品を作り続け、そして新しい試みと感性を有する新世代の詩人たちも現れており、ギリシアの詩人たちの創作はこれからも前進し続けていくことだろう。私も、これを受けとめてこの日本の地でさらに豊穣なものに花開かせていくことのできる器でありたいと願い、さらに精進していく所存である。

最後に、本翻訳を私に委ねてくださり推薦してくださった駐日ギリシャ大使館のスティリアノス・フルムジアディス次席（博士）と同大使館文化担当の青木恵子さまにこの場を借りてお礼申しあげる。また、本翻訳の出版を助成してくださったギリシャ共和国外務省とギリシャ共和国観光省に厚くお礼申しあげる。日本とギリシアは地理的に隔たっており一見すると相互の関係がさほど無いようにも思われるが、近年は文化の面でも経済の面でも交流がなされてきており、本翻訳が両国の交流促進の一助になればこれに勝る喜びはない。また、現代ギリシアの文芸に興味を持ってくださる一人でも多くの読者を期待するものである。
また、企画がどうなるかわからない中でも真摯に対応していただき、このような美しい書籍に仕上げてくださった編集者の左子真由美さまに深謝申しあげる。そしていつでも一番の読者である妻の沙也加に、ありがとう。

二〇二四年一〇月

◉訳者略歴

## 福田 耕佑（ふくだ こうすけ）

一九九〇年愛媛県生まれ。西洋哲学史と近現代ギリシア文学を京都大学とテッサロニキ大学（客員研究員）で学んだ。博士（文学）。現在は大阪大学の特任研究員（常勤）を務めるとともに、京都大学現代文化学専攻で講義をしている。二〇二三年には国際カザンザキス友の会よりカザンザキス作品紹介の推進および同会への貢献に対して「特別賞」が贈られた。ギリシア語での論文に『ニコス・カザンザキス：極東の視線』（エレナ・アヴラミドゥ編、エネケン出版、二〇一九年）において「カザンザキスとギリシア性」等。日本語での主著に『ニコス・カザンザキス研究――ギリシア・ナショナリズムの構造と処方箋としての文学・哲学』（松籟社、二〇二四年）。また翻訳として、二〇一八年にはカザンザキスの『禁欲』、二〇二〇年には『饗宴』（両作とも京緑社）、二〇二四年には「日本ギリシャ文化観光年二〇二四」を記念してカザンザキスの『日本旅行記（カザンザキス・旅する日本）』（ギリシア共和国観光省、ディオプトラ出版）が対訳で刊行された。

# 現代ギリシア詞華集

2025年1月31日　第1刷発行

訳　者　福田耕佑
発行人　左子真由美
発行所　㈱ 竹林館
〒530-0044　大阪市北区東天満2-9-4　千代田ビル東館7階FG
Tel　06-4801-6111　Fax　06-4801-6112
郵便振替　00980-9-44593
URL http://www.chikurinkan.co.jp
印刷・製本　モリモト印刷株式会社
〒162-0813　東京都新宿区東五軒町3-19


ISBN978-4-86000-532-0　C0098